特伦特绝案

Trent's Last Case

[英] 埃·克·本特利 著
有之炘 译

上海文艺出版社
上海故事会文化传媒有限公司

编委会

总策划 夏一鸣

主　编 黄禄善

副主编 高　健

编辑成员（按姓氏拼音为序）

蔡美凤　高　健　洪圣兰　胡　捷

黄禄善　吴　艳　夏一鸣　杨怡君　朱崟滢

名家导读

/ 褚蓓娟

褚蓓娟，浙江工业大学人文学院教授，毕业于北京师范大学比较文学专业，文学博士。浙江省图书馆文澜讲坛客座教授。浙江省比较文学学会理事，浙江省作家协会会员。专业方向为比较文学与世界文学，中西小说比较研究。在《外国文学》《外国文学研究》等核心期刊发表学术论文六十余篇。出版专著和教材多部。承担课题多项。曾赴埃及执教于苏伊士运河大学中文系。2016年参加习近平主席出访埃及的接待工作，获大使馆表彰。

在众多类型的文学经典中，侦探小说备受读者青睐。一百多年过去了，神探福尔摩斯、神探布朗神父、大侦探波洛等依然活跃在读者的记忆中。这一切都要归功于柯南道尔、G.K.切斯特顿、阿加莎·克里斯蒂等人的天才创作，是他们带来了英国侦探小说的黄金时代。柯南道尔笔下的侦探福尔摩斯，平日读报、拉小提琴、乘马车、抽烟斗……过着普通人的生活，但对女性比较反感。他毕业于牛津大学化学专业，具有高超的侦探才能，熟稔侦探业务所需的多种专业知识，如心理学、化学、解剖学；精通多种语言，破案如神。切斯特顿笔下的布朗神父身材矮胖，说话结巴，貌似憨厚愚钝，实则精明睿智，冷静沉着，且不近女色。他能从无关紧要的小事中嗅出难以觉察的犯罪迹象，然后以异想天开又合乎情理的推理解开谜底。他们不仅带来了侦探小说的黄金时代，同时还奠定了侦探小说的故事套路，树立了神探形象模式。可以毫不夸张地说，那是福尔摩斯和布朗神父的时代。

就在侦探小说如日中天，读者沉迷于推理谜团不能自拔、对神探佩服得五体投地的时候，英国诗人、小说家埃．克．本特利写了一部反侦探小说，其本意是嘲笑反讽侦探小说的神乎其神，不料，这部小说却意想不到地成了侦探小说史上的经典，成为长篇侦探小说的先驱，这部小说就是《特伦特绝案》。

《特伦特绝案》发表于1913年，名为"最后一案（Last Case）"，实为第一案，但作家随后写作的特伦特故事都不及这部成功。小说讲述的是美国金融巨子曼德森携妻子和属下在英国小镇度假时被枪杀及围绕命案的侦破过程。尸体在自家别墅的仓库旁被发现，当地警察、记者、私人侦探等立即赶往现场，并对曼德森娇妻、秘书、男女用人展开调查……本特利仍然沿用前辈的套路布局了一个极富有悬念的故事，而且用了侦探小说常用的关键词：私宅、夜晚、枪击、尸体、警长、神探等，这些足以吸引读者眼球，更为特别的是小说中的侦探特伦特。特伦特是英国知名作家、艺术家、诗人，二十岁出头时，其画作已在英国各地展售，为报纸写的评论总是一针见血，生活富足，做侦探纯属天赋和兴趣所为，虽声名大噪但并不居功自傲，他为人热情，说话幽默，颇受大家欢迎。接手曼德森凶案之后，特伦特走访相关人、勘查事发地、询问悬疑难点、分析蛛丝马迹，办案细致、推理缜密，慎重写下两万多字的分析手稿作为独家推理结论。至此，特伦特"神探"的特质遵循了侦探小说的传统。然而，本特利小说的魅力是它遵循传统基础上的独创性。

首先，备受尊敬的侦探特伦特在办案过程中不幸坠入爱河，其对象正是案件当事人——曼德森年轻貌美的太太。为了爱，特伦特第一次放弃了他的分析成果；为了爱，特伦特以远走高飞的形式成全曼德森夫人与他人的"爱情"，这在以侦探推理为使命的神探故事中是致命的，也是前所未有的。本特利打破有史以来侦探小说的写作程式，推翻了神探形象"冷硬"禁欲的传统。特伦特为爱而疯狂，在感情和案情之间，特伦特选择了违约《记录报》，不惜损毁名誉以屈服于自己的感情；在爱情角逐中，特伦特通情达理，隐忍而出；此举虽违背侦探的职业道德，但提升了他的精神品格：维护钟爱之人的名誉比成就自己的事业更重要，保护钟爱之人的爱人免于死刑比让真相大白于天下更值得。特伦特把本应呈交报社的长篇分析报告直接交给了曼德森夫人，无异于让真相石沉大海。这一看起来荒唐之举的行为却披露了侦探理性背后的情感一面，特伦特已经从"爱美人"上升到"救美人"的层面，是一种更高境界的爱！再次邂逅曼德森夫人消除误会时，特伦特不顾一切敞开胸怀，与其说是侦探，倒不如说这是一位诗人、艺术家！或者说是一位有浪漫主义情怀的侦探，兼容机智细腻与儿女情长，特伦特的爱情插曲非但没有损毁神探形象，反而使原本应当硬冷禁欲的侦探性格更丰满、更立体、更人性化，突显了侦探身上的可爱、人情味、人格的高贵。

其次，特伦特的分析结论完全错误。这是不是令读者大跌眼镜？从福尔摩斯到布朗神父，他们的人格魅力均来自侦探的"神"：洞察秋毫、推理缜密、结论准确！本特利一再违背侦探小说传统，他不但让特伦特因为心中有爱，而放下手中要案；更有甚者，特伦特长达两万多字的案情勘查分析报告，破解那谜一样的犯罪动机、梳理一团乱麻的犯罪过程，逻辑缜密、论据链条环环相扣，最终，他推理的曼德森夫人和秘书马洛有染，马洛是命案凶手，均与事实相违。尽管这样，特伦特作为侦探的形象不但没有从读者心目中坍塌，反而使本特利获得了意想不到的名气。因为他塑造了一个真实的侦探，而不是神探。如书中所说："你永远也无法判断！""在只有间接证据的情况下，我们不可以吊死一只偷果酱的黄狗，即使它的鼻子四周都是果酱。"

最后是叙述的不可靠。小说采用多视角叙述案件的方式，造成故事的多种可能性，扩大了小说的张力。小说的中心故事就是曼德森凶案事件，这个故事在破案过程中由邦纳、马洛、曼德森夫人、特伦特、库伯勒分别陈述。

守口如瓶的秘书邦纳自称比曼德森的妻子更了解曼德森，他对世界局势的观察和分析非常独到精辟。他陈述的事件是：老家伙几个月前开始忧郁沉默，整天为一件事情愁眉不展，在邦纳看来，这是曼德森前所未有的，并且在死前的那个星期，曼德森完全忽略了自己的工作，陷入恐惧的深渊，邦纳认为这恐惧来自劳资矛盾引起的仇恨，曼德森遇害可能是劳资组织的谋杀。此推测引起轰动，后来被警方采纳。

曼德森夫人陈述的事件是：那不是一场成功的婚姻。她自称崇拜曼德森的强势、勇气和坚毅，曼德森对事业的关心远胜于对妻子的关心，娶一个小自己二十岁的女人是希望她在社交界助力自己。所以夫妇之间维持的是一种礼貌而不是关心的状态。虽然曼德森嫉妒、怀疑妻子和秘书马洛有染，但是马洛绝没有谋杀曼德森的可能。

秘书马洛陈述的事件是：曼德森的死亡是自杀，曼德森怀疑仇恨马洛，巧设诡计，布局设陷，蓄意加害，企图让马洛成为一个谋杀主人、抢劫逃窜的恶犯。依据是曼德森向马洛布置和安排的所谓哈德斯任务。

特伦特陈述的案件：侦探特伦特作为小说的主角，他通过两万多字的报告手稿陈述案件，曼德森夫人和马洛关系暧昧，是凶案的两个重要嫌疑人。从指纹、有破绽的鞋、遗落的假牙等蛛丝马迹分析，曼德森夫人是知情人，甚至是合谋者，秘书马洛疑似杀人凶手，并且通过伪装主人、伪装现场的假象来证明自己不在场。

库伯勒陈述的事件是：自己晚间散步偶遇精神异常的曼德森，曼德森很有可能只想伤害他自己，然后控告马洛企图抢劫并杀人。库伯勒在阻止曼德森自杀时发生撕扯扭打，慌乱中开枪打死了曼德森。

这个故事的有趣之处在于它不仅解构了神探的不"神"，更有趣的是，一个故事在多人叙述后衍生了多个文本，一个没有目击证人的凶案事件，哪一个文本叙述真实可信？从局势和曼德森生前情绪变化看，邦纳的叙述逻辑有其合理性，被警方采纳；但库伯勒的文本推翻了邦纳的结论，同时暗示警方判了一桩错案。曼德森夫人和马洛否认了特伦特的推理分析，小说意在暗示，大名鼎鼎的神探判了一个错案。然而，谁能证明库伯勒叙述的真实性？谁能证明库伯勒是杀人凶手？学过戏剧善于表演的秘书马洛自称曼德森设局陷害自己的故事是否可信？是否有讥讽之意？在证人缺席的曼德森谋杀案中，每一个人的叙述都成了"罗生门"。借用本特利的话就是，谁是真实的？小说以库伯勒的一句"是我杀了他"了结案件，看似结束故事，其实给读者留下了一个永远解答不了的悬疑，这种不确定性的结局在读者合上书本之后仍然谜团萦绕。

二十世纪初期，本特利无意中革新了侦探小说的写作方法，他对传统侦探形象的改写、叙述的不可靠、结局的开放性使他"鹤立"于侦探小说的黄金阶段，给当时文坛创作吹去一股新鲜空气，尤其是侦探形象的新塑造，具有后现代解构的意味。本特利已经预言了后来现象学的那句口号："直面事情本身"，回到逻辑背后的事情本源！

Contents

噩耗 1

震惊全国 9

早餐 18

暗中较量 35

全面搜查 63

邦纳先生 77

神秘黑衣女子 86

开庭审讯	99
重大发现	107
富豪之妻	114
未发表的稿件	123
不堪的岁月	138
大爆发	147
写信	167
计中计	174
最后一击	202

噩耗

在这个世界上,我们究竟该如何界定,什么是重要的事物?什么是看似重要的事物?

在西格斯比·曼德森那诡计多端、顽固不化的脑袋被子弹打开了花之后,对一般人来说几乎没有落泪的必要,没有一个朋友为他哀悼,连一个最简单的仪式也没有,人们想到的只是死者浮华富有的一生。然而,他的死讯还是在商界刮起了一阵风暴。

在这个国家丰富多彩的企业商业史上,他在商界的地位无人能及。作为商业巨头,他可以主导市场资金的流向,也主宰着上百万员工的命运。在此以前,也曾出现过商业巨头,他们拥有操纵资本的势力,是玩弄资本从而获取巨额利润的高手。但曼德森却是独一无二的，他身上还带有些许传奇浪漫的色彩，他是混乱局势的稳定者，能化解各种危机，他被视为华尔街搅局者的死敌。

他的祖父曾经也是这样的领头人物，只是他祖父那时的地盘没有他现在这么大。祖父将遗产传给了他父亲，父亲从借贷业务中谋利，以之为终身事业，低调行事，从未吃亏，财富随之不断增加。他父亲把家业和财富又传给了他，致使曼德森成为新一代美国富豪的代言人。因此，曼德森从不曾设想过，手里没有大笔钱财会是什么样子。按理说，他完全可以倚靠祖辈的遗产度过富贵安乐的一生，然而事实并非如此。通过教育，他了解到作为一个富人的生存之道，这些理念深深植入他的心中。他行事稳重，即使在众说纷纭之下，亦能泰然处之。同时，他还继承了1849年淘金者和金融家的冒险精神。他年轻的时候就像一个赌圣，在事业起步的时候，痴迷于商业投机的游戏。在初生牛犊不怕虎的曼德森看来，纽约证券市场里的角逐是一场又一场众人的混战。

但事情在曼德森三十岁的时候发生了转变，他的父亲去世了。也许是对前期努力的回报，他冥冥中获得了一种力量。短短几年间，曼德森很快就胜任了银行的事务，控制了这家公司，并让公司健康稳步地发展。在竞争激烈的商海中，公司的业绩突飞猛进，达到了前所未有的高峰。他年轻时的不良记录几乎被人们遗忘，至于曼德森如何脱胎换骨变成了另外一个人，没有任何权威的解释。坊间传言称他的变化来自其父的一段临终遗言，毕竟曼德森的父亲是他唯一尊敬，或许还留存些爱的人了。

随着财富的不断积累，他成了全球财经界赫赫有名的大腕。只要提及曼德森这个名字，就会令人想到全美巨额财富中属于他雄厚的那一笔。他筹划着大规模的资本运作，想要在整个大陆对工业企业进行兼并和重组，同时凭借他准确无误的判断力，投资有潜力的政府或私人公司。他还多次压制罢工运动，导致千万个家庭遭殃。为了使他的商业目的合法化，要是有矿工、钢铁工人或畜牧业者联合起来反对他，并因此造成混乱，他会用比他们更加强势、冷酷的手段应对。成千上万的贫民都诅咒他，而金融家和投机商人则对他赞不绝口。他的实力渗透这个国家的每个角落，整个国家的财富都在他的掌控和保护之下，他的存在也让国力更加强大。举国上下给这个强势、冷酷、不可侵犯的人冠以"巨人"的称号。

然而到了后期，曼德森变得神秘起来，他只同私人幕僚、秘书、用人以及旧时共同打拼的老友交往。他社交的那个小圈子都知道，这个曾经呼风唤雨的人，偶尔也会怀念昔日动荡的奋斗岁月。按他们其中一些人的话来说，曼德森的隐退，好比"黑胡子海盗"将赃物当本钱，摇身一变成了布里斯托尔勤劳致富的正派商人。海盗时不时地突然目露凶光、叼着匕首，就像曼德森在考利法克斯公司最里间的办公室内伏案筹划着商业秘密行动一样，然而这些计划从未被执行。为了抑制心中的斗志，"黑胡子海盗"会沉默地步入办公室，嘴里随意哼唱着几句《西班牙女士》的歌词，他只是在心里默唱，并不发出声。

曼德森通常不亲自出马，但他仍会为一些玩家指点迷津，使对方避免上百万美元的损失，这给予曼德森极大的满足。"依我看，"他笑言，"自打我收手之后，整个华尔街变得多么枯燥啊！"渐渐地他这亲切的指导嗜好在金融圈传了开来，金融界的人士们都求之不得，为此雀跃不已。

他的死讯像飓风般席卷市场，市场忧虑情绪致使股市大跳水，正逢市场不景气之时，刹那间华尔街笼罩在荒芜凄楚的氛围之中。全美各地，哪里有投机买卖，哪里就有倾家荡产，就有自杀的惨剧发生，无不呈现出一幅凋零的景象。在欧洲，同样有许多人将自己的命运同这位他们素未谋面的商业巨头的下场联系在了一起。在巴黎，一位知名银行家默默走出证券交易中心时，在一群犹太人的叫嚣声中，跌死在了阶梯上，再没有起来，当时他手中还攥着一个碎裂的小药瓶；在法兰克福，有人从天主教堂的顶楼跳下，留下一摊鲜红的血迹；在伦敦的城市角落，有人剖腹自杀，有人开枪自毙，有人上吊，有人烂醉如泥，也有人时刻在死亡中呼吸……因为当冷酷的心效忠于贪婪时，你就已经不再是个活人了。

时机不巧，当华尔街上下正努力平复市场恐惧情绪的时候，却传来了这样一个晴天霹雳。就在一周前，由曼德森幕后操纵的交易即将盈利的时刻，却因卢卡斯·哈恩因私吞哈恩银行资产突然被捕的消息而受到冲击。这颗重磅炸弹降临在市场处于过度膨胀的时刻，市场毫无能力招架如此大的冲击，股市暴跌，哀鸿遍野。套用当地人的话来说，这样的情形可谓"树倒猢狲散"了，关于玉米收成的报道尽是负面，关于铁路交通方面的情况也很糟糕。正当市场人心惶惶的时候，"曼德森团伙"已经策划行动了，为整个市场注入活力，并趁机大捞一笔。投机者们看似是在挥霍同情心收拾残局，其实内心依旧十分贪婪，敏锐的观察家们意识到"巨人"的干预之手从远处伸来。媒体报道称，曼德森无时无刻不同他的华尔街幕僚通话。一篇报道还估算出了纽约和马尔斯多的通话费用。此外，据说邮政局还特派了一群专业人员，前往马尔斯多处理超量资讯。另一家报社揭露，曼德森原本打算取消休假，乘"卢西塔尼亚"号船赶回家，但当他得知局势被有效控制后，决定还是留在那里度假。

所有的这些报道，或多或少含有财经媒体的编辑们精心策划的成分。发布这些虚假消息的幕后人士，正是曼德森班底里的精明分子，曼德森本人并没有插手干涉。这些生意人深知，要想完美地达成目标，最好的途径就是塑造英雄形象。鉴于目前的困境，曼德森不会再有只言片语了。实际上，钢铁巨头霍华德·贾弗里才是真正的主谋。在经历了四天的持续打压后，市场情绪有所缓解。到了周六这天，贾弗里仍能闻到一些市场的躁动，但在他看来，基本上大局已定。市场情绪趋于稳定，并逐步恢复中。华尔街进入了周末短暂的休市，虽然市场尽显疲态，但谢天谢地，一切终于趋向平静。

可偏偏就在星期一早上刚开市，这个可怕的消息就已闪电般地传遍了方圆六十公顷的商圈。无人知道消息来源，据说是电信公司在处理一些紧急命令传达时，被内部工作人员获知，并提前爆料。于是，刚刚平稳下来的股票行情再度剧烈震荡。五分钟不到的时间里，这个不起眼的声音在华尔街引起了恐慌。这是真的吗？人们互相追问。有人颤抖着双唇回答道，这或许是某些无耻之徒散布的谣言。再过了若干分钟，噩耗终于传来。此时，已接近欧洲市场当天收盘时刻，然而距离美国交易时段结束还有足足四个小时，美国股市瞬间一落千丈。那个曾经放言曼德森会来托市的人，顿时遭到了猛烈的抨击。贾弗里把耳朵贴在电话听筒上，他被这个噩耗惊得目瞪口呆。这位新生代的"拿破仑"永远失去了他的马伦哥，他的伟大事业图景化为了碎片。半小时之后，经过媒体的添油加醋，曼德森死于自杀的消息不可避免地见诸报端。在华尔街尚未被这篇报道卷入飓风之前，豪尔·贾弗里和他的同伙就像是劲风中的落叶，早已被刮得遍体鳞伤。

一切发生得如此突然，又如此微不足道。

人们的日常生活并没有因此而改变。阳光照耀下的玉米地依然会丰收，河上的船只依然川流不息，万物生生不息，各行各业的人们各司其职，生活还要继续。贝娄娜[1]像往常一样辗转反侧，喁喁细语，但仍是心神不安地睡去了。对于全人类来说，除了那百万个几近疯疯癫癫、对一切熟视无睹的赌徒而言，曼德森的死亡并不算什么。世界如此，生活依旧。在他有生之年，他用强有力的手段统领着商业和工业网络。而他尸骨尚未入土，人们就发现曼德森名下的强势垄断组织只是徒有虚名罢了，这台看似强大的专制机器，不过一副皮囊。这场波澜只持续了两天，惊恐犹如过眼烟云，混沌无序的状况结束了，破产的事件淡出了人们的视线，市场正逐渐"回归正常"。

这场短暂的失常还未平息，英国爆发的一桩丑闻转移了欧美两大洲的注意力。隔天早晨，芝加哥有限公司倒闭了。就在同一天，一位知名政客在新奥尔良大街上，被他妻子的兄弟残酷击毙。虽然仅过了一周不到，但对于新闻敏感度极高的编辑而言，曼德森事件早已是一碗冷饭了。大批美国游客慕名前往欧洲，他们向纪念穷人的纪念碑或

1　贝娄娜，古罗马崇奉的女战神。

塑像致敬，却从不曾想起那位声名显赫的商业巨头。一百年前，诗人济慈在罗马去世的时候，是如此年轻贫困，即使他被葬于异国他乡，那些英国的民众也不远万里前去泰斯达丘山下的济慈墓边为他默哀。而在马尔斯多小教堂旁曼德森的坟前，自始至终没有一个人怀着敬意前来探访，现在没有，将来也不会有，在他墓地的四周是如此冷清。

震惊全国

在《纪录报》唯一装修完善的办公室内,詹姆斯·莫洛伊爵士桌上的电话响了。他用笔示意他的秘书去接听电话,秘书西尔弗连忙放下手头的工作径直跑来,拿起了电话。

"请问您是哪位?"他说,"谁?……我听不见您……噢,是邦纳先生吗?……啊,是的,但是……我知道,可他今天下午非常忙。您看能否……喔,真的?既然这样,嗯,请您稍等一下好吗?"

他把话筒递到詹姆斯爵士面前。"是西格斯比·曼德森的助手凯文·邦纳,"他简明地介绍,"他坚持要同您本人通话,说有非常重要的消息,电话是从主教桥附近的住宅打来的,所以有必要说清楚。"

詹姆斯爵士看了一眼电话听筒，不情愿地接起电话。"你好！"他的声音一贯地强而有力，他仔细聆听着，"是的。"西尔弗先生在一旁打量着他，发现爵士突然露出惊讶的神情。"好极了！好的！"詹姆斯喃喃地说，一手紧握着话筒，缓缓站起来，聚精会神地听着，嘴里不断重复"是的"。接着，他瞄了一眼时钟，立即对秘书说："赶紧替我把菲吉斯和小威廉找来！快点！"西尔弗先生快步冲出房间。

詹姆斯爵士，这位五十岁的资深报人外表高大强壮，留着浓密的黑胡子，是典型的精明的爱尔兰人，看上去有用不完的精力。他自知自己是个有头有脸的人物，总拿自己的种族作为开玩笑的题材。他既不爱吹牛，也不故弄玄虚，更没有自命不凡，却总能一眼看穿别人的心思。他风度翩翩，很有教养，衣冠整洁。而当他处于愤怒或者紧张时，他那体面的外表也会透露凶恶的一面，他的眼睛和眉头会传递出他的情绪。但大多数情况下，他是一个和蔼可亲的人。他是公司经营部的经理，所在的公司拥有最具影响力的晨报《纪录报》和晚报《太阳报》，两家报馆分别立于街的两旁。他过去曾是《纪录报》多年的主编，招揽了各界精英前来工作。詹姆斯爵士的座右铭是"勤能补拙"。他自己则是既有天赋，又很努力的人。在这个文人相轻的行业里，詹姆斯爵士获得了公司员工的尊敬，这种尊崇来源于他的专业素养，而绝非来自朝夕相处的感情。

"你确定这是全部情况吗？"詹姆斯爵士屏息倾听后问道，"这件事情已经公开多久了？……是的，当然，警察就是如此，那用人呢？现在一定传遍了……嗯，不过，我们还是试试……听着，邦纳，我非常感谢你提供的消息，我欠你一份人情，你知道我是说真的，进城之后立刻来找我……知道了！我现在得采取行动了，再会！"

詹姆斯爵士放下电话，顺手抓起一张火车时刻表，迅速过目后将它狠狠丢在一边。此时，西尔弗先生正好走进房间，后面跟着一位戴着眼镜、表情严肃的男士和一名神情机警的年轻人。

"菲吉斯，我要你记下这些事情。"詹姆斯爵士转换成从容不迫的状态说道，"把这些以最快的速度写出来，以特稿形式发到《太阳报》。"那个神情严肃的男人点点头，看了一眼时钟，显示的时间是三点刚过。他掏出了笔记本，随后拉开大写字台前的椅子。

"西尔弗，"詹姆斯爵士继续吩咐，"让琼斯发一个紧急电报给我们的当地通讯员，让他放下手边所有事务，立刻赶去马尔斯多。电报中不必解释具体原因，一直到《太阳报》关于此事的报道公之于众前，不要多泄露一个字，我想你懂我的意思。威廉，你赶紧去通知安东尼先生，让他留下两个栏的位置，我们要发布震惊全国的新闻，让他无论如何要等这条独家新闻，告诉他菲吉斯五分钟后就把消息整理好，最好腾出一个单间让他写作。你出发的时候，请摩根小姐马上来见我，再问问接线员是否可以帮我联络到特伦特先生。见到安东尼先生之后，立即回到这里待命。"话落之后，这个神色机警的年轻人一下子无影无踪了。

詹姆斯爵士随后转向菲吉斯，后者的笔已经搁在纸上了。"西格斯比·曼德森先生是被谋杀的，"他吐字快而清晰，双手背在身后，来回踱步，菲吉斯飞快地记下一行字，就好像听人在说今天天气很好似的，这可是他大显身手的时候，"这两周以来，他和他的妻子以及两名秘书都待在位于马尔斯多的白色山形庄园，靠近主教桥。这栋房子是他四年前买下的不动产，每年夏天，曼德森都会和太太前来度假。昨晚，他像往常一样于十一点半上床，没人知道他何时外出，直到第二天早上十点左右，他的尸体在花园被发现，躺在院子里的一个小棚旁边。尸体头部中弹，子弹穿过左眼，应该是当场死亡，现场没有被抢劫的迹象，但手腕处有些伤痕，说明死前死者与他人有过一番争斗。史塔克医生立刻被派去做进一步的验尸工作。当地的警察已闻讯赶到案发现场，但对此事尚未发表任何声明，可见警方对于凶手没有任何头绪。好，就这些，菲吉斯，安东尼先生在等着你。我现在要打个电话给他，请他尽快安排。"

菲吉斯抬起头来说："伦敦警察厅最厉害的警探已经接手了这个案子，我建议咱们这么说。"

"嗯，可以。"爵士说。

"那曼德森夫人呢？她在场吗？"

"对啊！她怎么样了？"

"吓得惊慌失措，"爵士在一旁提示，"并且她不愿意见任何人，这是人之常情。"

"我不打算将这些话放进去，菲吉斯先生。"传来一个冷静的声音。原来是摩根小姐悄悄到来了，她是一位脸色略显苍白，举止优雅的女士。"我见过曼德森夫人本人，"她转向詹姆斯爵士，看着他继续说道，"她看起来健康而且睿智。她的丈夫被谋杀了是吗？我不认为这件事情会将她打倒，我倒是觉得，她现在很可能在协助警察破案。"

"听起来颇像你的作风，摩根小姐，"詹姆斯微微一笑，摩根小姐沉稳的行事风格在报社是众人皆知的，"菲吉斯，那就把那段关于曼德森夫人的表述去掉吧，现在赶紧出发！那么，摩根小姐，我想你知道我要你来的目的。"

"我们出版的《曼德森传记》即将问世，"摩根小姐垂下深色的眼帘，思索着回答，"几个月前我看过。如今我们可以好好地利用明天的报纸借题发挥一下，《太阳报》可以采用他两年前的报道。我记得当时他去柏林处理钾碱事件，那是一篇非常传神的报道，恐怕再找不到更好的文章了。至于我们的报纸，还需要大量删节，很多废话必须砍掉，助理编辑一上班就可以处理它们。我们现在有两幅很好的肖像,这是我们的资源,最好的那张是特伦特画的,当时他和曼德森共搭一艘船,这张画比任何照片效果都要好。你可能会说,受众宁可要一张糟糕的照片,也不会对一幅优美的画像喜闻乐见。我马上就将它们送来,供你亲自挑选。我可以预见,《纪录报》会抢先摘下头筹,除非你未能及时派专人到当地为报道做准备。"

詹姆斯爵士深深地叹了口气。"和她比起来,我们还有何用?"他沮丧地对着返回座位的西尔弗说,"她竟然能熟记火车时刻表!"

摩根小姐悠闲地整理了一下袖子,问道:"还有别的什么事吗?"

正在此时,电话铃声响了起来。

"是的,还有一件事情,"詹姆斯爵士边说边拿起话筒,"我要你犯个错,摩根小姐,最好是个重大失误,那样好歹能给我们留点面子吧!"

摩根小姐离开了房间,走的时候脸上露出一丝迷人的微笑。

"安东尼呢?"詹姆斯爵士问道,然后继续同《太阳报》的编辑严肃讨论起来,他很少亲自走进《太阳报》的大楼,他觉得真正喜欢晚报的人,才会觉得那里气氛不错。安东尼先生是伦敦报业的风云人物,一个热衷于在乱中取胜的人,他对晨报也是这么看的。

五分钟后,一个身穿制服的男生走进来说,特伦特先生的电话接通了。詹姆斯爵士仓促打断同安东尼的对话。

"立刻帮我接进来。"他对那个男生说。

"哈啰！"几分钟后，他朝着话筒大声说。

话筒那一头传来声音："有话直说！你想做什么？"

"我是莫洛伊。"詹姆斯爵士说。

"我知道，"对方回答，"我是特伦特，我在作画的关键时刻被你打断了，但愿是真的发生了什么紧急的事情！"

"特伦特，"詹姆斯爵士激动地说，"有一件很重要的事情需要你协助侦办。"

"别是闹着玩的吧？"特伦特说，"我不想放假，我的创作情绪正高昂着呢，鉴于我正在从事非常崇高的事情，你就不能让我单独待会儿吗？"

"真的出大事了！"

"什么事？"

"西格斯比·曼德森被人谋杀了，头部中弹，没人知道是谁干的，尸体是早上被发现的，命案发生在他主教桥附近的寓所。"詹姆斯爵士把刚才对菲吉斯说过的话，简单扼要地重复了一遍，完了他问道，"你认为呢？"

电话那头一片寂静。

"嘿！究竟怎样？"詹姆斯爵士再一次催促他，"多诱人啊！"

"你同意了吗？"

对方仍旧不说话。

"你还在吗？"

"听着，莫洛伊，"特伦特略带怒气地说，"这或许是我拿手的案子，或许不。现在说不好，或许它很神秘，也或许像吃饭一样简单。死者没有被劫持的迹象听来值得玩味，但可能是被无意中睡在他家院子里的流浪汉击倒也说不定啊。通常在这种情况下，罪犯会留下那些贵重财物以使自己免受怀疑。坦白告诉你，如果真是如此，我可没有兴趣解决这样的案子。"

此时，电话那头的詹姆斯爵士已露出胜利的笑容。"得了，朋友，这个案子你是逃不了的，我打赌你会去一探究竟的，你承认吧。假使有任何你不愿意牵涉进去的情况发生，随时都可以抽身。对了，你现在在哪里？"

"我现在在人间仙境，自由自在，快活极了！"他听起来有一些犹疑。

"能否请你一小时内赶来？"詹姆斯爵士逼问道。

"我想或许可以吧！"他喃喃地问，"还剩多少时间？"

"好样的！时间足够！这里美中不足的就是远了点，仅有的一班快车半小时之前就开走了，看来今晚我必须得依靠我们派驻当地的通讯员了。白天的快车半小时前出发了，接下来的就是慢车了，下一班慢车午夜从帕丁顿出发。要是你愿意,可以乘坐巴斯特过去,那是辆加速很快的汽车,不过到了那儿以后几乎做不了什么事了。"

"那会耽误我睡觉,不了,谢谢。我还是搭那班慢车过来好了,你知道我天生爱坐火车。我就像《搬运工之歌》中唱的:'我是添煤人,请给我更多煤。'"

"你在说些什么呢?"

"算了,没什么。"对方低落地回答,"我说,让你的人帮我在出事地点附近用电报预订一个房间吧!"

"好的,马上就去订。"詹姆斯爵士说,"请你尽快赶过来吧!"

他放下手中的话筒。当他扭头看着桌上的报纸时,街上突然传来一声喊叫。他径直走去推开窗探看,一群男生正从《太阳报》大楼的台阶上跑下来,朝街道方向跑去。每个人都抱着一叠报纸,首页写着醒目的标题,占据了整个大幅版面。

西格斯比·曼德森谋杀案

爵士面带微笑,哗啦哗啦地玩弄着口袋中的钱。

"这下子肯定大赚一笔!"他对站在身旁的西尔弗说,仿佛这句话就是曼德森的墓志铭。

早餐

第二天早晨八点钟左右,纳撒尼尔·伯顿·库伯勒先生站在马尔斯多旅馆的阳台上,正想着早饭要吃什么。用他所喜欢的文绉绉的方式来表达这句话的意思——他正用心思考着早餐要吃什么,就像在空闲的时候,他会事无巨细地思考生活中的每个步骤和细节那样。但前一天早上,曼德森的死所带来的惊吓让他丧失了食欲,吃得也不如平日讲究和营养了。今天一大早醒来,他觉得非常饿,在起床近一个小时后,他要了三片吐司加一个蛋,其余的和往常一样,若是还不够的话,可以午餐多吃点补充,不过补不补的问题还是可以再晚点解决。

库伯勒先生在早餐还未上桌之前,尽情享受眼前美景。他以行家的眼光，用了好几分钟来审视海岸的风景。一块雄伟的岩石耸立在镜面般的海面之上，井然有序的梯田、牧场和林地，从悬崖处延展开来排列，他很喜欢这样的景致。

他的身高中等、身形瘦弱，六十岁左右，外表看来有些许孱弱，但就他的年纪来说，可算精力旺盛、活泼机智。稀疏的胡子遮不住透着和蔼气息的薄唇，他的眼神亲切而愉快，挺直的鼻子和窄下巴透出牧师般的气质，一身深色外衣和黑色帽子，越发强化了这种印象。他是一个非常勤勉、有正义感且遵守纪律的人，只是缺乏想象力。他的家族以严谨闻名，他父亲的家产都以广告的方式支持家里开办的公司。在广告里，他的家族被视为正派家庭。生活在这样的家庭环境下，他身上保留着两种神圣的天赋：无尽的仁爱之心和乐观的生活态度，虽然没什么幽默感。早年，他受过宗教教育，几乎都有资格戴上大主教的红帽子了。如今，作为伦敦实证哲学圈中颇受尊敬的会员，他享有极高的声誉。他是一个退了休的银行家，一个膝下无子的鳏夫。他的生活虽然简朴，但并非不幸福，大部分时光在书籍和博物馆中度过。他深沉且富有耐心，涉猎群书，不逊于专业学者的博学。在教授及研究学者们举行的庄重晚餐会上，他总是能展现出本色，谈笑风生，他最喜欢的作家是蒙田。

就在库伯勒先生坐在阳台小桌旁吃着早餐时，一辆大车驶进巷子里。他问侍者："那是谁啊？"

"是经理，"侍者无精打采地回答，"他专程到火车站去接人。"

车子驶近后，脚夫就赶忙从门厅跑了出来，立刻冲上前去。一位高个子，穿着随意的年轻男子从车子里伸出了脚。库伯勒先生一阵惊喜。那男人走向阳台，把帽子摘下来放在椅子上，露出那高高的颧骨和艺术家气质的脸，带着一丝愉悦的笑容，颇有堂吉诃德的风范。他身着一条粗布紧身裤，头发和短须给人一种凌乱的感觉。

"库伯勒！真是奇迹！"男人大叫，在库伯勒先生来不及站起来以前，就跳到他前面来，紧紧握住他的手。

"我今天真是幸运，"那个男人断断续续地说，"这是一小时内的第二次了。你最近如何，我的朋友？你来这儿干吗？为什么要点这么难吃的早餐？是不是在回想自豪的往事？还是在感叹光荣岁月的流逝？我看到你真高兴！"

"特伦特，我就猜你会来，"库伯勒先生笑道，脸上笑开了花，"朋友，你看起来状态不赖！我会告诉你一切的！但是你看来还没有吃过早餐，要不和我一起吃吧？"

"当然！"那个男人说，"丰盛的早餐加上舒心的谈话！拜托能在我去洗漱时，请那位小伙子帮我加个位子吗？我三分钟内就回来！"他说着就进去了。库伯勒想了一下，走进搬运工的办公室打电话。当他回来时，发现这位年轻友人已经坐在椅子上，正在倒茶，一副大快朵颐的态势。

"我估计今天会忙一整天，"他习惯性地抛出了令人摸不着边的话题，"可能要到晚上才能吃上饭了。你心里一定在猜，我来这里做什么，是吧？"

"我当然知道，"库伯勒先生答道，"你到这里来是为了一桩谋杀案。"

"这么说似乎太平淡了，"特伦特顺手切开了鳗鱼，接着说道，"我来这里是为了以牙还牙，抓住凶手，维护社会正义，这是我的职责，要知道他的家属正在家中拭目以待。库伯勒，我已经有个好的开始，但是，等我先吃下这口再告诉你。"特伦特狼吞虎咽地吃了起来，库伯勒喜悦地在一旁看着，两人之间片刻沉默。

"经理来了，"特伦特终于开口，"这个家伙有惊人的判断能力。他是我的崇拜者，对我办过的案件了如指掌，比我自己还要清楚。昨晚《纪录报》的人电报告诉他我将来这里，结果早晨七点我一下火车，就见他开着车等在那里了。车有草垛那么大，他非常乐意能够亲自接送我。我到这里来住宿，他高兴得不得了，瞧，这就是名声！"

特伦特喝了一口茶，继续说："他一见到我，就问我是否要去看看死者的尸体，说如果我愿意，他便可以帮我安排，真是个心思细密的人。自从被发现了以后，尸体就放在了当地那位史塔克医生的手术室。今天上午要验尸,所以我要去看的话还来得及。在我会见史塔克医生之前,他一路向我事无巨细地介绍过了,我想现在我已经掌握这方面的各个细节了。我想这个经理一定跟医生有什么私交,医生一点也没刁难我,值班的警察也很友好。不过,他还是提醒我说,千万不能在报道里提到他。"

"尸体被抬走前,我已经去看过。"库伯勒接话道,"没什么特别的地方,除了左眼挨的那一枪,整张脸血肉模糊,看起来挺吓人,手腕上还有淤青和抓伤的痕迹。我相信,凭借你的职业素养,一定可以发现其他有用的线索。"

"其他细节当然有,但我不确定是否会对我有什么启发。确实存在一些不寻常的地方,例如死者手腕上的伤痕,你是怎么看到的?我敢断定,在案发前,你和曼德森先生见过面。"

"当然见过。"

"那么,你有注意到他的手腕吗?"

库伯勒回应:"没有,不过经你这么一说,倒让我想起来了。我在这儿见到曼德森的时候,他穿着衬衣,挺括的袖口一直遮到手背。"

"他一向如此,"特伦特说,"我的经理朋友是这么告诉我的。他还向我指出了一个你未注意到的细节,就是他的袖口不在手腕上,而是被卷进外衣袖子里了,并没有露出来,像是匆忙穿上外衣,没有来得及将袖口拽出来似的,这就是为何你能看到他的手腕。"

"啊,你启发到我了,"库伯勒小心地问道,"按你的意思,或许他是起床以后匆忙穿上衣服的咯?"

"是,但真是如此吗?经理也这么认为,他告诉我死者在着装方面一向很讲究。曼德森起床后没有惊动屋内的任何人,便匆忙地跑到室外,所以他是仓促之间将衣服穿上的。经理让我先看看他的鞋子,他说曼德森先生对鞋子向来考究,可是这鞋带却系得如此随意,我也同意他的看法。经理还说,他的假牙还留在房间里,这恰恰也说明他当时处于慌乱之中。我承认,事情看起来似乎是这样,但如果是这样,为什么曼德森先生的头路分得那么仔细呢?要把头发分得均匀,可得花上一些功夫,这中缝分得简直是极致了。另外,为什么他穿了那么多件衣服呢?不仅有一整套内衣,衬衫上还别着装饰纽扣,还有手表和表链、钱和钥匙以及口袋里的东西。这些是我向经理提出而他又无法解释的。你可以想通吗?"

库伯勒想了一下,说:"这么来看,他是在穿戴衣物的最后环节才赶时间的,因为外套和鞋子应该是最后才穿上的。"

"可是不会把假牙留到最后才戴,你问问那些戴假牙的人就会知道。况且,据说他起床后没有梳洗过,对于一个如此讲究整洁的人而言,他应该从一开始就很匆忙。还有一件事情我觉得也很奇怪——他背心的一个口袋里放着一块软皮,是包怀表用的,可他却把怀表放在另一个口袋里。事实上,有迹象表明他当时激动而且愤怒,但另一些证据似乎显示了相反的情况。目前我不打算做任何猜测,我必须先去侦查现场,并设法同屋子里的人谈一谈。"特伦特说完,埋头继续吃着早餐。

库伯勒和蔼地向他微笑。"你确实说到重点了,"他说,"或许我可以给你一些帮助。"特伦特吃惊地抬头望着他,库伯勒继续说道,"我告诉过你,我期待你的到来,现在我来向你解释,曼德森夫人其实是我的侄女……"

"什么?"特伦特突然放下刀叉,"库伯勒,你不是在开玩笑吧?"

"我是认真的,真的。"库伯勒热切地说,"她父亲约翰·彼得·多明克,是我妻子的兄弟。我从来没有向你提及我侄女或她的婚姻,坦白说,这一直是个让我头疼的话题,我总是避免和别人谈论这事儿。回到我们刚才说的,昨晚我去过那间屋子,你从这里就可以看到它,经理开车送你来的路上会经过它。"他指着几百码外白杨树林中的一座建筑,它和小村隔着一段距离,看上去孤零零的。

"我确实经过了,"特伦特说,"经理从主教桥载我回来的路上就告诉我了。"

"这里的人们对你的盛名和事迹都有所耳闻,"库伯勒继续说,"我现在要说的是,当我昨晚到那里时,曼德森的秘书邦纳先生跟我说,强烈希望《纪录报》能让你来处理这个案子,因为警方已经束手无策了。他提到你曾出色地处理过几件案子,而且后来我告诉梅布尔——也就是我侄女时,她也很希望你能接手此案。梅布尔是一个非常坚强、镇静的女人,她读过你的《阿宾杰谜案》。发生了这桩惨案后,她对媒体那种悲剧式的报道方式感到有点恐惧,因此委托我帮她处理一切,让我尽量把记者赶走,因此我必须让记者撤离那个地方,我相信你可以理解她的感受,她对记者这一职业其实并无偏见,她说你有侦探一样的能力,也绝不会阻挠你破案。我告诉她,你是我的好朋友,我对你的能力给予肯定,而且你办事很有分寸,能够考虑别人感受。她还表示,如果你能去一趟的话,她一定会尽力协助你。"

特伦特隔着桌子,将身子倾了过来,同库伯勒握了握手。库伯勒很高兴自己终于说出了事实。他又接着说:"我刚才电话过我侄女,她很高兴你能前来,并表示你可以提任何问题,房子及周边区域对你都不设禁区。她把自己关在卧室,可能不会亲自接待你。梅布尔已经接受了一位检察官的盘问了,她觉得再也无法忍受了,她认为自己的话对案件的侦破并不能派上什么用场,但曼德森的秘书和聪明能干的领班倒是可以告诉一些你需要了解的事情。"

特伦特若有所思地吃完早餐,悠悠地点上一支烟,坐在阳台的栏杆上。"库伯勒,"他平静地说,"你是不是有什么事情瞒着我?"

库伯勒微微抖了一下，惊讶地看着对方："你指的是什么？"

"我是指曼德森的家事。你瞧，从开始我就告诉你，他被人残暴地杀害却没有一个人为此伤心，这让我深感震惊。先说那个旅馆经理，当他提到曼德森时，冷漠得好像从来没正眼瞧过他，可据我所知，他们每年夏天都毗邻而居。然后是你，关于他的命案，态度也是漠不关心。还有曼德森夫人，我所见过的那些丈夫被杀害的妻子都比她要来得伤心多了。库伯勒，这究竟是为何？或者这只是我的错觉？曼德森为人有什么怪异之处呢？我曾经同他搭同一条船旅行，但我们没有交谈，只知道他的公共形象很差。你知道，这会影响到案件侦破，但这或许同他的命案有关系！"

库伯勒想了一会儿，用手摸着稀疏的胡子，远眺大海的方向，随后他转向特伦特。"凭我们的交情，我想不出什么理由不让你知道，我也不会强行要求你不能引用我的话，你无须费心选用多么含蓄的形式来对我进行暗示。事实就是，没有人真正喜欢曼德森这个人，和他越亲近的人就越恨他。"

"为什么？"特伦特打断了他。

"大部分人自己都说不清楚，就我个人而言，只能说那个人缺乏同情。其实他在表面功夫上没有什么令人厌恶的地方，风度不错，也并非穷凶极恶或是无趣分子——事实上，他这个人颇为有趣的。可在我印象中，他是那种为了一己私利而不惜牺牲别人的人，也许这只是个人感觉，并不全都如此。至于梅布尔，我不得不说她的生活很不幸福。亲爱的，我的年龄几乎是你的两倍，但你总想让我觉得我们就是一代人。我毕竟年事已高，很多人都愿意向我倾诉婚姻上的困境，可我从来没遇见过和他们这对一样的例子。从她还是个小婴儿时，我就认识她了。我真的非常了解她，不夸张地说，她是那种男人们都梦想拥有的温柔高贵的女人，更不用说她的其他美德了。而在与曼德森一起生活的日子里，她感到痛苦异常。"

"他都做了些什么？"特伦特问道。

"当我问梅布尔的时候，她告诉我曼德森时常看起来很苦恼，而且和她刻意保持距离，我不知道这是怎么开始的，也不清楚背后的原因。我的侄女告诉我，她认为他的这种转变毫无来由，但我相信她知道他的心事，只是不方便透露，因为她是个自尊心很强的女人，这种情形已经持续好几个月了。就在一星期前，她写信给我，因为我是她唯一亲近的人，她母亲在她小时候就过世了。自从她父亲去世后，我就像她父亲一样，直到五年前她结婚。现在她请求我的帮助，我立刻就赶来了，这就是我出现在这里的原因。"库伯勒停顿下来，喝了口茶。特伦特抽着烟，望着眼前炎炎六月的景色。

"我不打算去白色山形庄园了，"库伯勒接着说，"我想你很了解我的想法，这个人运用他庞大的影响力，制造了多次扰乱人心的轰动事件。他这么做，影响到整个社会的经济结构，破坏了合理的劳资关系，干出那样臭名昭著的事情来。特别是三年前那次宾夕法尼亚的煤田问题，即使我不认识他，同样会认为他是罪恶的始作俑者。我到这间旅馆后见到梅布尔，她告诉我刚才我对你说的事情，她对他们之间的情形既担心又尴尬，还要在众人面前装模作样，这真让她受够了。她问我的意见，我建议她应该直面对方，要求他说出态度转变的原因。可是梅布尔不会这么做，她总在自欺欺人，一直假装没有注意到他的改变。倘若她的自尊心不是那么重的话，我会劝她坦白告诉曼德森自己受到了伤害，哎！"库伯勒叹息道，"她的生活中充满了由固执的沉默和修养导致的误解。"

"她爱他吗？"特伦特突然问道。库伯勒没有立刻回复。"难道他俩之间没有爱意了吗？"特伦特换了一个问法。

库伯勒玩转着手中的汤勺。"我觉得……"他慢条斯理地说，"我觉得她并不爱他。但是你别误解她，这世上没有任何力量可以说服她向任何人承认这一点，哪怕要她在内心里向自己承认，她都做不到，她认为自己和曼德森是不可分离的。据我所知，尽管他们之间有这样那样的不愉快，但除了他近来对她冷漠的态度，其实曼德森还算是相当体贴、慷慨的。"

"你是说,她不愿意向他挑明这件事?"

"是的,"库伯勒回答,"我了解她,一旦牵扯到尊严,就很难动摇她的想法。所以再三思量后,我便找机会同曼德森见面。第二天,曼德森经过这家旅馆时,我要求和他谈一会儿,他就走了进来。自从他俩结婚之后,我从来没有同他谈过话,不过他记得我。一见到他,我就开诚布公地说明了来意,告诉他梅布尔对我说的话。尽管我觉得她把我牵扯进来略有不妥,但既然梅布尔痛苦难耐,我就有权稍加过问,我要知道是什么让她内心备受煎熬。"

"他是什么反应?"特伦特问道。他环顾四周的风景,露出神秘的笑容,眼前勾画着当时的场景——这个温和的男人要求强势的曼德森给他一个满意的解释,想到这里有些忍俊不禁。

"老实说,他的态度很恶劣,"库伯勒伤感地说,"我可以转述他所说的话,寥寥几句。'库伯勒,你别插手了,我的妻子有能力照顾她自己。我已经察觉了,我还察觉了一些其他的事情。'他的语气很冷静,你知道,这个男人号称从未言行失控,但我敢说,当时他的眼神中有种东西足以让做错事的人感到恐惧。他说话的腔调,我模仿不了,但我当时被他的一席话激怒了。"库伯勒直截了当地说,"你知道,我爱我的侄女,她是我们家里唯一的孩子,而且是我的妻子把她从小抚养长大的。我只要一想起梅布尔,就要想到我已经去世了的妻子,在那个气头上,我把梅布尔遭受的屈辱统统归咎于那个死去的人。"

"你和他翻脸了？你想让他将话说清楚。"特伦特低沉地猜测。

"正是这样，"库伯勒说，"他起先瞪了我一会儿，我看见他额头上的青筋都冒出来了，真是难看极了！然后他冷静地说：'这件事我看谈得差不多了。'接着他转身就走了。"

"他是指你们的会面？"特伦特若有所思地问道。

"从字面上看来，可以这么理解，"库伯勒说，"可当这些话从他的嘴里说出来时，给我一种奇怪且不安的感觉，我强烈预感到那个男人在策划一个邪恶的主意，可惜我当时已经完全气昏了头。"他略带遗憾地说，"我说了一些蠢话，我提醒他法律允许被屈辱对待的妻子重获自由，我还对他的劣迹做了评论，又说像他这样的人根本不配活着！除了这些，还有其他一些不理智的话。我说这些话时确实冲动了，当时周围好几个人坐在阳台上看着我，应该是听见了我们的交谈，我注意到那些人纷纷向我注目。我当时过于激动，待心情平静后，我走回了旅馆。"库伯勒感叹道，仰脸靠在椅背上。

"曼德森呢？他还说了什么吗？"

"他什么也没说，只是盯着我看，同之前一样静静听着。当我停下来时，他对我微微一笑，便转身穿过大门，回到了白色山形庄园里去了。"

"这是什么时候的事情？"

"星期天早上。"

"那么在他死前,你再也没有见过他了?"

"没有,或者说还有一次,是在当天稍晚一些的时候,我在高尔夫球场看到他,但并没有和他说话。第二天他的尸体就被发现了。"

两个人陷入片刻的沉默,回味着对方刚才说的话。一群客人盥洗完毕走上楼梯,在他们附近的桌子旁坐下来聊天。库伯勒站起身来,拉着特伦特的手臂,带他走到旅馆一侧的网球场上。

他们漫步的时候,库伯勒说:"我告诉你这些,背后总有理由。"他们来回地踱着步。

"这我相信,"特伦特接话,细心地将一些烟草放入烟斗,点燃后吸了一口,继续说,"你要是不介意,我可以猜猜你的理由。"

库伯勒严肃的脸上微微露出笑容,但他没吱声。

特伦特用深思熟虑的口吻说:"你认为,如果我亲自到了那里观察,迟早会发现他们夫妻之间的矛盾远比吵架严重。你担心到时候我会对你的侄女产生负面的想法,为了不让我被误导,你决定事先把其中的复杂关系告诉我,你还可以用自己对你侄女的看法来影响我,因为我很尊重你的判断。我说的没错吧?"

"我亲爱的朋友,完全正确!你听我说,"库伯勒认真地说,拉着特伦特的手臂,"坦白说,我很高兴曼德森死了,像他这样的商人,对世界有百害而无一利。梅布尔就像是我的亲生女儿,而他竟然让这个女人如此痛苦,同时我也无法忍受梅布尔背上嫌疑。她是那么优雅善良,居然要和无情的法律打交道,哪怕一次,我都不愿意去设想,她会招架不住的,这会深深伤害她。现今社会,很多二十六岁的女人可以面对这种考验,我发现很多受过高等教育的女人可以伪装出一种坚强的外表,帮她们渡过难关,对于这种在当代女性中普遍流行的现象,不能说它是一件坏事。但无论如何,梅布尔和她们不同,她也不是那种只会傻笑的幼稚女人,她很有头脑并且拥有高尚的心灵和品位,如今这一切……"库伯勒随意挥手比画了一下,"同挑剔、拘谨、神秘联系在一起了。她与同年龄的女子不一样。你没见过我的妻子,梅布尔和她太像了。"

特伦特低着头,当他们走过草坪的时候,他开口问道:"她为什么嫁给他呢?"

"我不知道。"库伯勒简明地回答。

"我想,应该是出于仰慕吧。"特伦特提出。

库伯勒耸耸肩膀。"据说,女人通常会被她社交圈中最成功的男士吸引,当然我们无法了解一个如此强势的人,对一个感情飘忽不定的少女会有怎样的影响,尤其是当他下定决心要将对方追到手时。被一个举世闻名的男士献殷勤,想必是一件很难拒绝的事情吧!她听说过他的名气，知道他财力雄厚，但梅布尔一直同文艺界的人士接触，她根本不知道商界里毫无人性可言。我想，直到今天，她还是不能彻底地了解到这一点。当我听说他们交往时，一切已成定局了，我知道她已经是成年人了，而且用传统眼光看，他也无可挑剔，我便不再批评什么了。我敢断定，以他的财力，可以迷倒所有女孩吧！梅布尔每年只有几百元的收入，刚够让她了解几百元意味着什么。据我所知，很多年轻人向她求过婚，但她都没有动过心。虽然我也不相信她真的爱过这个四十五岁的男人，但她确实是真心嫁给他的，如果你要问我原因的话，我只能说，我不知道。"

特伦特点了点头，走了几步，然后看看手表。"你说的这些，进一步激发了我对这件案子的兴趣，"他说，"我差点忘了我来这里的主要任务了，我不能把上午就这么浪费了，现在我得马上赶到白色山形庄园去，我一定会在那里搜寻直至中午。库伯勒，届时你能和我碰面吗？我想和你一起讨论我所发现的任何线索，除非我被什么事情耽搁了。"

"上午我要去散步，"库伯勒回应，"我中午要到高尔夫球场旁的'三尊酒桶'小酒店用餐，我们可以在那里一起吃饭，就在距离白色山形庄园不远的地方，你可以在那两棵树之间看到它的屋顶。那家的食物虽然简单，可味道非常棒。"

"只要他们供应啤酒就行了，"特伦特说，"我们可以吃些面包和奶酪。噢，还有，愿我们的生活简单朴实，摆脱奢靡的侵蚀。到时候见！"他跑向阳台取帽子，然后向库伯勒挥挥手，便离去了。

这位老先生坐在草坪的折叠椅上，双手交叉在脑后，望着无瑕的蓝天。"他是一个亲爱的伙伴，"库伯勒喃喃地说，"人又好又很聪明！天哪！多么奇特的一个人啊！"

暗中较量

菲利普·特伦特是个画家，他的父亲也是一名画家。二十多岁的时候，特伦特就在英国艺术界小有名气了，他的作品在各地展出售卖。他把工作看成一种消遣，拥有源源不断的创作热情，也拥有与生俱来的天赋。同时，他父亲的名气对他的事业也小有帮助，还留下一笔遗产，让他不必为名利奔波。他身上有一种人见人爱的亲和力，活泼、风趣又充满想象力，让他大受欢迎。特伦特是个乐于分享的人，总能和人建立起深层的关系。

他看人往往能一针见血，但他不会表露出来，因为他深知没有人愿意和一个自以为是的人为伴。不论他是在想什么疯狂或惊人的尝试，还是在专心致志地工作，总是满脸的轻松闲适。除了艺术方面的造诣，他对历史、文学等方面也是无所不通，尤其喜爱诗歌。虽然年龄已经三十二岁，但他却依然保持着好奇、勇于探险的青春本性，心态永远年轻。

然而，真正让他声名大噪的不是他的本行，而是源于一时冲动之下发掘的才能。有一天，他发现某报刊登的一宗该国特大案件报道，一桩发生在火车上的谋杀案。整个案件扑朔迷离，有两个嫌疑人被捕。这是他第一次对这种案件产生兴趣，他也听取了周围朋友们对该案件的看法。在翻阅了其他几份报纸的相关报道后，他的内心莫名燃起了一种兴奋感，想象力也随之活跃起来了。以前只有当艺术创作的灵感涌现或探险时，才会使他产生这种感觉。当天晚上，他写了一封长信给《纪录报》的总编辑，他只选择了这一家报社，因为他们的报道最为详细也最客观理性。

在信中，他提到了爱伦·坡在"玛丽·罗杰斯谋杀案"中所用的侦破方法。凭借报纸刊登的内容来判断，集中注意力找到被明显忽略的事物，并列出所有证据，他几乎直接认定，自称是目击者的男子嫌疑最大。詹姆斯爵士把这封信印在头版，当晚《太阳报》发布消息称该男子被捕，他供认了自己的全部罪行。

詹姆斯爵士对整个伦敦的情况了如指掌，当然不会放弃结识特伦特的机会。两个人一见如故，谈得很投机，特伦特与生俱来有一种能够消除同他人的年龄差距的能力。同时，他一眼就喜欢上《纪录报》大楼地下室的大型印刷机，并且当场作画。詹姆斯爵士直接就买下了这幅画，并将其称为一幅"海因里希·克利风格"的机械绘图。

几个月后，又发生了一桩离奇案件——艾凯丽谜案。詹姆斯爵士邀请特伦特共进晚餐，提供给他一笔对年轻人而言数目可观的奖金，想请他作为《纪录报》的特邀代表，协助调查这桩离奇案件。

"你能行的，"总编辑鼓励他，"你写得一手好文章，又善于和人打交道，我可以在半小时内就教会你作为记者的一切技能。你拥有破解谜题的头脑、丰富的想象力和冷静的判断力。试想一下你完成任务的那种成就感吧，多好啊！"

特伦特不得不承认，这事对他来说，太有吸引力了。同时他也深知这不是儿戏，他眉头微皱，不停地抽烟，最后他忍不住接下了这个案子。让他踌躇不前的原因，是因为他还不熟悉这个领域。不过，迎接挑战是他的人生准则，于是他接受了爵士的请求，又一次给警方指明了破案方向，立即有所斩获，从此他的名声传遍大街小巷。但他不是很热衷于新闻记者这个职业，因此悄然隐退，重操旧业，继续投入作画。詹姆斯爵士本人对艺术也颇有研究，不同于其他总编辑可能采取的做法，他没有继续强迫特伦特留下。但在接下来的几年里，只要遇到有类似案件，他向特伦特求救不下三十次。有时候，特伦特工作在身加以婉拒；有时候，他能够预言事实真相；有时候，特伦特实在忙得无法抽身，只能回绝；有时候，他捷足先登，早已将案件查个水落石出。

他和《纪录报》之间断断续续的合作关系，使他的名字在全英国可谓家喻户晓了。但除了他的名字以外，人们对他的其他情况仍一无所知，他总是将自己隐藏在文章背后，别的报社也挖不走他。

特伦特正在沿着山坡，快步走向白屋子，心想这也许是件相当简单的案子。库伯勒虽然睿智，但很可能会偏袒自己的侄女。旅馆经理曾说，她的美貌引人注目，而且不断强调她和善亲切，说明库伯勒所言不假。虽然经理的措辞过于平实，但至少特伦特从中得到了一个清晰的印象。他说："不只是大人，就连小朋友，一听到她的声音，就心生欢喜。每到夏天，大家都期待她的到来。她不仅善良好心，还非常有内涵，总之，她是一位很出众的女士。马尔斯多的人们都为她的遭遇感到难过，也有人认为曼德森的死是她的福气呢！"特伦特真希望能够早点见到这位曼德森夫人。

穿过一片广阔的草坪和灌木丛之后，可以看见一座两层的小楼，由红砖砌成，这也是其名称的由来。

早上路过的时候，他透过车窗看了几眼，那是一栋现代化的建筑，大约十年左右的历史，保养得很好，且环境优美。整栋房子笼罩着华丽的气息，英国郊区的富人豪宅就是这种感觉。屋子前方是一片茂密的草地，一路延伸到悬崖边，屋后是一片树林，一直绵延到沼泽地。如此的美景竟然成为重大命案的现场，真是不可思议。这里的景色是如此宁静和谐，让人在这里得以悠闲生活。在玫瑰花园和白色道路之间是篱笆，那里有一个园丁的工具棚，尸体就是在那里被发现的，倒在木墙边的草地上。

特伦特沿着大路，来到工具棚对面，再往前走四十码左右，有一个急转弯，路从房子那儿偏离开去，穿过种植园。在浓密的篱笆中间有一道白色的小门，便于园丁和工人进出，门的合页非常灵活。他沿着小径，向屋后方向走去，这条小径位于树篱和花藤间。另有一条小路引他走向一栋怡人的小木屋，小屋在大房子对面，处于一片树林间，尸体就是在小棚旁边被发现的。特伦特心想，用人当时一大早从窗户向外不经意地一瞥时，可能心里正幻想着过主人般富有的生活，所以并没有留意到小屋旁的异常状况。

他仔细勘查那个地方，把小木屋也内外搜了一遍，发现一些没有被割除的草被尸体压倒了。他弯下腰，用锐利的眼神和手指的触觉在几分钟内搜遍了那个区域，依然没有什么收获。就在此时，有声音传来，是房子前门关上的声音。特伦特挺直身子，走到车道旁。一个男人从房子里快步走出来,朝大门方向走去。脚步声越来越响,那名男子猛然转过身,激动地看着特伦特。他的脸乍看之下有些吓人,苍白中透着倦意。那是一张年轻的脸,憔悴的蓝眼珠周围没有一丝皱纹,但是神情紧绷,极度疲倦。两人互相靠近,特伦特注意到他有宽厚的肩膀和强健的体魄,只是疲态让他看来缺乏生气。他的五官端正俊美,留着一头短而柔顺的金发。说话的口吻显示出他是一个受过特殊训练的人。特伦特暗中思量着,嘿,朋友,我想你一定是牛津大学运动场上的积极分子了。

"您就是特伦特先生吧,"年轻人愉悦地说,"大家都在等着您呢!库伯勒先生从旅馆打过电话来。对了,我叫马洛。"

"我想你应该就是曼德森的秘书吧!"特伦特说。他很喜欢眼前这个年轻人,虽然看起来体力不支,但可以感觉出他是那种心思健康、生活简洁的人,这正是他这个年龄层的年轻人特有的神采。从他眼神中可以看出,他有着对事物明察秋毫的习惯,无时无刻不在权衡即将发生的事情,这种眼神充满了智慧、坚毅和主见,特伦特感觉似乎在哪里曾经见过这样的目光。他接着说:"对你们大家而言,这件事够闹心的了,马洛先生你一定累得焦头烂额了吧!"

"有一点,"年轻人含着倦意回答,"周日我开了一夜的车,昨天也是,晚上也没能睡着觉。听到这个消息后,谁还能睡得着?特伦特先生,我马上还要到医生那里安排验尸的时间，我本来以为是明天。您可以到屋内找邦纳先生，他正在等您！他会向您介绍情况，带你到处看看，另外，伦敦警察厅的探长默奇也在这里，他昨天就来了。"

"默奇！"特伦特惊呼，"我的老朋友啊！他怎么那么快就来了？"

"我不清楚，"马洛答道，"他是昨天傍晚到的，在我从南安普顿回来之前，他已经向每一个人都问过话了。今天早上八点，他又来到这里，现在人在书房，就是最南端那扇开着法式窗子的房间，或许您现在就想同他谈谈？"

"好的，我去找他。"特伦特说。马洛点了点头，转身走了。厚厚的草坪消解了特伦特的脚步声，特伦特的脚步轻得跟猫似的，听不到一丝声响。不一会儿，他来到房子最南端的房间，从窗户的缝隙中偷看，微笑着朝里边张望。只见一个背影宽大的人正站在桌子前面俯身看一些文件。那个人头发短平，有些灰白。

"只能这样了吗？"特伦特用一种感伤的口吻说，那个男人转过头来，"从童年起，我的愿望就不断破灭。本来以为这一次我会比伦敦警察厅早到一步，但现在这里早已被探长占领了。"

探长咧嘴一笑，走到窗前："我一直在等你来，特伦特先生，这是你感兴趣的那一类案子。"

"从何时开始，你把我的喜好也考虑进去了？"特伦特说着走进屋内，"要是真的考虑到我的爱好的话，希望他们不要把我的对头也找来。据我所知，你已经做了很多工作了。"他一面打量房间四周，"你来得也太神速了，是怎么办到的？我知道你的动作一向迅速，可是我真想不通，你是如何在昨晚之前就赶到这里的？是不是伦敦警察厅秘密发展了航空产业？还是有什么恶势力相助？不论是什么，内务部总该做个公开声明吧？"

"没您想的那么复杂，"默奇操着职业化的口吻回应道，"我正好在哈菲度假，就在海边，距离这里只有七英里。警察厅接到报案，就立刻通知我了。我打电话到总署，厅长就派我来处理这个案子。昨晚我骑车来到这里以后，就一直留在此地。"

"顺便问句题外话，"特伦特漫不经心地说，"您的夫人近来可好？"

"非常好，"默奇说道，"她经常提起你，还有你和我们小孩玩的那些游戏。特伦特先生，请见谅，可我必须得说，当你眼睛四处察看时，没有必要和我说这些心不在焉的话。我们不是刚认识的，我算是知道你的路数，你已经开始侦查了。而且这儿的女主人已经允许你可以到处搜查，也允许你自由发问。"

"确实如此，"特伦特说，"探长，这一次我一定要抢先一步。你这只老狐狸，在'阿宾杰案件'中，我曾被你打败。要是你真的不想讲什么礼节的话，咱们就别再互相吹捧了，打开天窗说亮话吧，说说案情怎么样？"

特伦特绕到桌旁，看了一眼各种被分类的文件，然后又瞅了瞅写字台，朝着打开的抽屉扫视了一遍。"看来这些东西都被整理过了，很好！探长，咱们还是按老规矩吧。"

他俩以前打过几次交道，特伦特数次发现自己和默奇同时在调查同一件案子。这位探长在犯罪调查部门享有极高的地位，是一个冷静机智的人，而且胆识过人，留下过多次打击危险犯罪分子的辉煌事迹。此外，他的为人和他的名声一样响亮，以一个警探的标准而言，他似乎过于和善了。特伦特和他一同解决过一些案件，从一开始就惺惺相惜，两人建立起一种微妙的情谊。默奇对他十分坦然，他觉得跟这个年轻人在一起，随意而轻松，他们喜欢私下交流案件的细节和探讨各种可能性，相互启发。但同时还得遵从必要的原则，划定必要的界线，特伦特不能把从默奇那里得来的消息登在报纸上。此外，为了各自代表的名誉和利益，两人可以保留任何他们认为关键的线索和发现。特伦特将这些原则称为侦探道德，默奇则是一个喜欢竞争的人，认为应该多从别人那里获取经验，所以欣然加入这种友好的竞争中来。在他们的竞争过程中，他们各有胜负，胜利有时会属于有经验方法的探长，有时特伦特凭借灵活的头脑取胜，他拥有与生俱来的直觉，抓住有意义的线索，识破一切假象。

他俩靠在窗前,开始了案情的讨论,各自靠在落地窗的一侧,静静凝视眼前和谐的夏日景色,思绪重新回到这件案子。特伦特掏出一本薄的笔记本,他们开始讨论案件。特伦特一边谈话,一边很快地描绘出房间的草图,这是他的习惯,虽然略显随意,但有时能帮助他破案。

房间位于整栋楼的边缘,大而明亮,两面墙都有宽阔的落地窗,中间有一张大桌子,旁边放着一个雕刻精美的角柜。房门在靠墙较远的左边,面对一扇大型格子玻璃窗,在门后靠墙立着一个古色古香的长角柜,火炉边有一只嵌入墙壁的茶柜,墙上有一小块地方没有被书挡住,在那里挂了几幅哈拉布诺的版画,这些都是特伦特曾经想细细品鉴的艺术品,不过那些作品可能在被买回来之后就没有被取下来过,看起来缺乏生气。此外,那一些厚重精美的英国小说、论文、史书和诗集,就像一排原地不动的军队。房间里面散落着几把椅子,同茶柜和桌子一样,都是年代久远的橡木家具,在书桌前各有一把新式的安乐椅和办公转椅。整个房间看起来十分奢华但是布局却显得贫乏,房间里很少的摆设是桌上的一个蓝色瓷碗、一个座钟、壁炉架上的雪茄烟盒,还有一台电话机。

"看过尸体了吗?"探长问。

特伦特点点头:"还看了案发现场。"

"这件案子让人非常困扰,"探长说,"我之前刚听到这个消息时,猜想这只是一件流浪汉所犯下的谋财害命的普通案子,虽然在这种地区很少发生这类事情。然而,当我着手开始调查后,发现了一些疑点,我相信你也都注意到了。首先,这个男人在自己的院子里被人开了一枪,就在屋子的旁边,却找不到任何入室抢劫的痕迹,尸体也未受洗劫。事实上,倘若不是另一些疑点,这个案子看起来就像是自杀。据说,大概从一个月前开始,曼德森的情绪和态度就变得很古怪。我想你也听说他们夫妻之间的关系有些问题,仆人注意到他对他妻子的态度变了,直到上星期,他们几乎没有交谈。他们都说,曼德森就像变了一个人似的,心事重重,沉默寡言,非常情绪化,不知道是不是这个原因造成的,还是有别的原因。这里的女佣说,他看起来好像预感到什么事要发生。每每有事情发生后,人们会容易联想到当事人的前兆。尽管如此,他们还是会这样说,怎么又发生了,接着走向了死亡。特伦特先生,你说说看,这算不算是自杀案件呢?"

"据我所知,自杀的假设不成立。"特伦特坐在窗台上,敲着膝盖答道,"首先,你我都找过了,尸体附近并没有发现致命武器;其次,从死者手腕上的抓痕和淤青看来,他曾和别人发生过肢体冲突;第三,有谁会朝自己的眼睛开枪?此外,我从旅馆经理那里听到一件事情,让我觉得非常可疑——曼德森出门前全身穿戴整齐,却唯独忘了戴假牙。试想一个准备自杀的人,想让自己体面死去的人,怎么会忘记假牙呢？"

"最后这点确实有点玄机，"默奇说，"而其他几点听起来都不像自杀，今天早上我一直待在这里，试图理出头绪，恐怕你要做的也是同样的事情。"

"没错，这是一件费神的案件，至少对我来说。嘿，默奇，让我们齐心协力，从可疑的地方着手，嫌疑对象的范围要尽量扩大一些，将这里的每一个人都列入怀疑对象。我来告诉你我怀疑谁吧，首先，我当然怀疑曼德森夫人，还有那两个秘书，但是据我所知，他们的嫌疑并不大。我怀疑男领班和女主人的侍女，还有其他的用人，我最怀疑那个穿靴子的男孩。对了，这里到底有哪些人呢？我还在找寻更多的疑点。我倒想问一句，这里到底有多少人？疑点很多，有多少人我就要怀疑多少人！"

"你真幽默，"探长答道，"作为破案的第一步，这样做倒是妥当的办法。特伦特先生，从昨晚到今天上午，这里的人我几乎都见过了，有几个已经被我排除了，当然你可以有自己的观点。至于这里的成员，有一个男佣是这里的领班，女主人的侍女，一个厨子，三个女佣，其中一个是小姑娘，还有一个司机，但他摔断了胳膊，已经离开了这里。另外，并没有什么穿靴子的男孩。"

"那个园丁呢？你怎么一点都没有提到那个鬼鬼祟祟的家伙？默

奇,你故意把他省略了。少来,公平一点,把他供出来吧!难道你需要我提醒你游戏的规则吗?不然我可要告你违规了。"

"园丁是镇上的人,一星期来两次,我和他谈过了,他最后一次来是上周五。"

"那我更加怀疑他了,"特伦特说,"现在,我们来谈谈这栋房子吧!先从这间房间开始,据说死者待在这里的时间最多,我还特别想知道他卧室的情况。但既然到了这里,就先从这里开始吧!想必你已经做过一番调查,查过他的卧室了吗?"

探长点点头。"我去过他的卧室和他妻子的卧室。什么也没有发现。他的房间很简单,没有什么不寻常之处,看起来是一个主张简单生活理念的人,没有雇佣任何随从,要不是有衣服和鞋子,整个房间看起来和一个地窖差不多。我想你看到的会和我一样,曼德森离开后没有人动过它们,只是不知道他是何时离开的。至于曼德森夫人的房间,我可以明确告诉你,那可是同地窖大相径庭了,这个女士生活品位精致。不过,尸体被发现的第一天早上,她就匆忙搬到别的房间去了,她和侍女说自己无法睡在一个能够看见亡夫卧室的房间里!特伦特先生,对于女人来说,这是很正常的反应。"

"接着说,"特伦特自言自语地说,一面在笔记本上做记录,"你已经盯上她了吧?难道不是吗?我知道你一向对于怀疑对象不露声色,我倒希望见见她。或许你已经掌握了她的什么证据,只是不想告诉我,或许你觉得她是无辜的,却故意让我在她身上浪费时间。好吧!这都是游戏的手段,看来这个游戏越来越有趣了,"他大声对探长说,"我等一会儿画卧室。你对这里有什么看法?"

"这儿是他们说的书房,"探长说,"曼德森习惯在这里起草文件,大部分时间都消磨在这里。自从跟妻子闹翻以后,他每天晚上都独自待在书房。根据用人的说辞,他生前最后一次被看见就是在这里。"

特伦特站了起来,把桌上的文件翻阅了一遍。"大部分是商业书信和文件,"探长说,"还有一些报告和企划书之类的,有几封私人信件,但是没有什么发现。那个美国籍的秘书——邦纳,他今天早上和我一起搜过这张书桌,我们找到一封奇怪的信。邦纳说曼德森经常收到一些恐吓信,他认为命案因此而发生,但是目前并无这方面的线索。我也看过其他的信件,唯一不寻常的是几摞钞票,累计起来是一笔不小的数目。此外还有十几小袋没有加工过的钻石,我让邦纳把它们放到安全的地方。看来曼德森近来开始热衷于钻石投资,他的秘书说,这是他投机买卖的新领域。"

"他的那些个秘书怎样?"特伦特问道,"刚才我在外面遇到一个叫马洛的,模样颇好,有一双很特别的眼睛,典型的英国人。另外一个是美国人吧?曼德森雇佣一个英国秘书做什么?"

"马洛向我解释过，那个美国秘书可以说是曼德森事业上的得力助手，而马洛的工作则和生意全然无关，他对那些事一无所知，只负责照顾曼德森的马、汽车、游艇，安排体育娱乐活动，总是忙个不停，我想曼德森是个开销很大的人。我敢说，美国秘书全天都忙于处理公事，至于雇佣英国秘书，因为曼德森家族源于英国，所以选了英国秘书，在马洛之前他就已雇佣过好几个英国秘书了。"

"他想彰显自己的品位吧，"特伦特说，"难道你不认为，他的工作不仅仅是为主人安排娱乐活动吗？不过马洛先生确实给我一种无辜的印象，他不像那种会涉嫌命案的人。"

"言归正传，"他看看自己的笔记，"你说曼德森生前最后一次被看到就在这里，究竟是哪些人看见了他？"

"在他上床之前，他曾经和他太太有过一次对话，男佣马丁最后一次看到他。昨晚，我们聊过，他很乐意地告诉了我，似乎对这里的用人而言，这是一个津津乐道的话题。"

特伦特想了一会儿，注视着窗外洒满阳光的斜坡。"如果要再听一次他的说辞，你会不会觉得烦呢？"他最终开口问道，默奇没有回答他，直接按响了呼叫铃。过了一会儿，一个消瘦整洁、身穿漂亮制服的中年人走了进来，一看就知道是这里的用人。

"这是特伦特先生，他经由曼德森夫人的允许，来此做调查，"默奇向马丁解释,"他想听你再说一遍。"马丁向特伦特鞠了一躬。他将特伦特视为一个绅士,但要不了多久他便能知道,特伦特并不是所谓的绅士。

"来这儿之前,我已经见过您了,"马丁的语气笨拙又严肃,说话缓慢,用词谨慎,"我已经接到命令,尽量协助配合你,你是要我回忆那晚所发生的事情吗?"

"请说,"特伦特一脸严肃,马丁的态度让他觉得有点滑稽,但他竭力不表现在脸上。

"我最后一次看到曼德森先生——"

"不,不是那个,"特伦特轻声地纠正他,"从当天晚餐后开始说起,试着回忆每一个细节。"

"先生,您说晚餐后?嗯,我记得那一晚曼德森先生和马洛先生在通向果园的小路上散步,在商谈什么,当他们从后门进来的时候——如果你要我说出所有细节——我听到曼德森先生正在说一件很重要的事情,我尽量复述他的话:'要是哈里斯也在那里,每一分钟都很重要,你必须马上动身,而且不准对任何人提一个字!'马洛先生说:'好,我这就去换衣服,然后准备出发。'大概就是这样。我会听到这些,是因为他们当时正好经过储藏室的窗口。然后马洛先生便回到他的房间,曼德森先生进了书房,把我叫去,交给我一些信,让我早上给邮差寄走,还让我先别睡。这时马洛先生来了,他要带着曼德森先生一起乘着月色坐车去兜兜风。"

"听起来颇为耐人寻味啊。"特伦特说道。

"我也这么想的,先生,鉴于他曾说'不要向任何人提起',我估计乘着夜色兜风的说法是为了掩人耳目。"

"当时几点?"

"大约十点左右吧。曼德森先生之后一直在等马洛先生把车开来,然后他走进会客室,曼德森夫人当时也在场。"

"你不觉得奇怪吗?"

"既然你那么问我,"马丁停顿了一会儿,"据我所知,过去一年里他从来没有走进过那个房间。每到晚上,他就习惯留在书房,那一晚他只和曼德森夫人在一起待了一会儿,然后立刻就和马洛先生出发了。"

"你亲眼看到他们离开的?"

"是的,先生,他们向主教桥方向驶去。"

"之后你又看到曼德森了吗?"

"大约一个小时后,在书房里,差不多十一点超过一刻钟,因为教堂的钟声在十一点响过,我是一个听觉很敏锐的人。"

"是曼德森召唤你过去的吗?当你回应时,发生了什么?"

"曼德森先生拿出威士忌、苏打水,还有一个酒杯,他通常把这些用具放在茶柜里。"

特伦特做了一个打断的手势。"关于这一点,马丁,我想坦白问你,曼德森酒量大吗?我这么问并非出于鲁莽,我希望你能够告诉我,因为它很可能对案件侦破有利。"

"当然,先生,"马丁沉稳地说,"我把告诉探长的内容再说一遍,曼德森先生是个相当节制的人,在服侍他的几年中,从未见过他纵饮。通常他只在晚餐时候小酌一两杯,基本不在午餐时间喝酒。在就寝前,他偶尔会喝一些威士忌和苏打水,但这并不是他的习惯。早上我常会在他的杯子里发现一些剩余的苏打水,有时候是威士忌,不过量也不多。我曾建议过他喝一些天然的矿泉水,他对饮料并不挑剔,最喜欢喝普通的苏打水。他总是把这些东西收在茶柜里,这样可以在需要的时候随手取得。晚餐后,除非他召唤我,一般很少见到他。当他需要任何东西时,我得立刻送过去,而且要我迅速离开,他也不喜欢别人问他'还需要什么吗?'他是一个品位单纯,比较简朴的人。"

"很好,当晚他把你叫去,你还记得他说了什么吗?"

"先生,我尽量复述他的话。他说得不多,他先问我邦纳先生是不是已经就寝了?我说他上去一段时间了,接着他说他需要有个人守夜等到十二点半,以防有重要电话,而马洛先生已经开车去南安普敦了,所以他要我帮他留意是不是有电话进来,而且不要打扰到他,然后他要了一杯苏打水。我想，就这些。"

"你当时有没有发现什么异常呢？"

"没有，我听到铃声过去应接时，他正坐在桌子前听电话，我猜想他是在等待对方接听。和我说完那些话之后，他继续听电话，当我把苏打水端上去时，他正在和电话里的人交谈。"

"你记得他说了什么吗？"

"他只说了一点，好像是某个人在某家旅馆。我实在无心偷听，把杯子放到桌上之后，我就离开房间了。当我关上门时，听到他说：'你确定他不在旅馆里？'或是类似的话。"

"那么，那是你最后一次看到他或听到他的声音吗？"

"不，先生，再晚一点的时候，大约十一点半，我把储藏室整理好，半掩着门，拿本书准备消磨时间，我听到曼德森先生上楼回卧室，我立刻到书房把窗户关上，再锁上了前门，此外就没有听到什么了。"

特伦特思索了一下。"我想，你应该不会就此打瞌睡吧？"他迟疑地问，"我的意思是，你得等电话进来。"

"哦！先生，不会的，那时我非常清醒，特别是住在海边，我很难入睡，通常在床上阅读到半夜才能睡着。"

"有电话进来吗？"

"没有。"

"没有。我想,你应该是开着窗户睡觉的吧?这里晚上很闷热吧?"

"我晚上从来不关窗户的。"

特伦特做了一些笔记,然后把所有的记录从头到尾看了一次。他站起身,低垂着眼帘,在房间里来回踱步,最后停在了马丁的对面。"一切看来很平常,有几个细节我想再问问你,你在睡前曾到书房关上了哪一扇窗户?"

"是那扇落地窗,先生,它成天都开着,门对面的那扇就很少打开。"

"那窗帘呢?告诉我,屋子外面的人能够看到屋内的情况吗?"

"要是在屋外的花园里,就不成问题。在天热的时候,窗帘从来不会拉起来。曼德森先生晚上经常坐在门口抽烟,同时看看外面的夜色,但是别人看不到他在那里做什么。"

"我明白了。既然你是一个听觉灵敏的人,那么请告诉我,你说到晚餐后听到曼德森从花园走进来,那么当他开车夜游回来时,你有没有听到他进屋的声音?"

马丁略微迟疑。"经你这么一问,先生,我想我没有听到,一直到他摇铃召唤我,我才知道他回来了。要是他从前门进来,我应该听到声音,看来他是从窗户那里进来的。"

他又回想了片刻,补充说:"曼德森先生平时都从前门进来,把他的帽子和外套挂在大厅,然后经过大厅进入书房。那次看来他似乎急着打电话,所以直接经由草坪跨进落地窗,然后把外套放在长桌上。吩咐我的时候,他的口气也很蛮横,是个性子急躁的人。"

"噢,他看起来很匆忙,但是你刚才不是说他和平时没什么不同吗?"

马丁的脸色瞬间微微一变。"我很抱歉地说,那是因为您不了解曼德森先生。这样的举动对他而言并不算异常,很奇怪吧?我也是用了很长时间才适应过来。他平时要不是静静地坐着抽烟、阅读、思考,就是边写边下命令,同时还要发送电报,一忙就是几个小时,别人都看得眼花缭乱了。所以如此急切地打一个电话,对他而言很常见。"

特伦特转向默奇,两人做了一个眼神交流。探长开口提问:"那么你离开的时候,曼德森正在电话中,窗户是开着的,灯也亮着,饮料摆放在桌上,是这样吗?"

"是的,默奇先生。"回答警长的问题时,马丁态度稍有变化,这引起了特伦特的注意。但是探长的下一个问题又让他的注意力回到了问题本身。

"关于饮料,你说过曼德森在睡前不常喝威士忌,那晚他喝了没有呢?"

"这我不能确定,早晨由女佣负责整理打扫房间,我想杯子应该同往常一样被清洗了。我知道当晚酒瓶还挺满的,因为前几天我刚添过。

我送苏打水的时候,总是习惯性地看一眼当前的容量是多少。"

探长走到角柜前,打开橱门取出一个玻璃酒瓶,摆在马丁眼前的桌上。"当时剩下的比现在多吗?"他平静地问,"这是我今天早上发现的情形。"酒瓶里的酒剩下半瓶多一点。

马丁第一次露出了动摇的神情,他拿起酒瓶,将瓶子倾斜后仔细观察,然后吃惊地看着另外两个人。"比我最后一次看到的少了半瓶酒,就是和周日晚上相比。"

"我想,当时应该没有其他人在房间里吧?"特伦特谨慎地问。

"当然没有,"马丁立刻回答,"请原谅我,先生,但这确实是我碰到过的最不寻常之事。在我为曼德森先生服务期间,从未发生过这样的事。那些女佣不会碰任何东西,至于我自己,要喝酒的话,也不会倒酒瓶里的酒。"

他再次拿起酒瓶,茫然失措地看了看。探长得意地看着他,好像是打量着自己的杰作。

特伦特把笔记本翻到空白的一页,拿着笔端敲着,开口问道:"我想曼德森先生当晚用餐时,穿戴很整齐吧?"

"当然了,先生。他穿无尾的半正式晚礼服,在家吃晚餐时他会常穿的。"

"那么,你最后一次见到他时,他是这么穿着的?"

"是的，但是外套换了。通常当他整晚留在书房时，他会换上一件旧的浅色斜条纹粗花呢的猎装外套。以英国人的审美标准来看，稍显粗俗了些。我最后一次看到他时，他正穿着这件衣服，外套就挂在这个柜子里。"马丁边说边打开柜子的门，"这里面还有曼德森先生的渔具等，以便他吃完饭不必上楼就可以换上衣服。"

"他会把晚餐外套也留在角柜里面？"

"是的先生，早晨的时候，女佣会将它收到楼上去。"

"早晨，"特伦特缓慢地重复了一次，"现在我们来说说早晨，你可以告诉我一些关于第二天早晨的事情吗？据说曼德森的尸体直到第二天早上十点才被发现。在此之前，没人发现他失踪了吗？"

"是的，先生。曼德森先生通常不让别人叫醒他，或是拿东西给他；他睡在一个独立的房间，通常早上八点起床，到浴室盥洗，然后九点多下楼，有时会睡到九点甚至十点。曼德森夫人要人在七点叫醒她，女佣帮她把茶端到楼上。昨天早上八点，她在起居室用早餐，大家都以为曼德森先生还在睡觉，直到伊凡匆忙跑来，告诉我们这个骇人的消息。"

"我明白了，"特伦特说，"还有另外一件事，你说你在上床前把前门锁上了，你只做了这件事吗？"

"是的，前门被我锁上了，当然我不假思索地把后门也上了锁，然后一楼所有的窗户都关紧闭了。直到第二天早上,我也没有发现有什么变化。"

"一切都像你临睡前的样子对吗?好,现在还有一个问题——最后一个——在尸体上发现的衣服是不是曼德森往常穿的那些呢?"

"这个问题倒是提醒了我,那天我看到尸体时,确实感到非常惊讶。起先,我想不出衣服有哪里不对劲。后来终于察觉:除非和晚装一起穿,不然曼德森先生不会单独配那种领子。我注意到,他身上的外套、背心、长裤、鞋子和领带不同。这套衣服是他常穿的六套中的一套。不过他会穿上那些配件,也许是因为它们恰好就在那里,不然白天的穿着,他通常都有固定的搭配。这种情形从未出现,想必他起床时肯定忙乱得很。"

"当然,"特伦特说,"这我早就知道。马丁,你把每件事都讲述得很详细,晚一些时候可能我们还需要问你一些问题,希望你可以协助。"

"我随时听候你们的差遣,先生。"马丁鞠了个躬,安静地退出了房间。

特伦特坐在安乐椅上来回荡着,深吸了一口气。"马丁真不可思议,从来没有遇见如此正直的人,一点攻击性也没有。默奇,你不该怀疑这么一个好人啊!"

"我从来没说过怀疑他,"探长吓了一跳,"你知道,特伦特先生,要是他以为我在怀疑他,就不会说出那么多事情了。"

"我敢说他不会这么认为,他是一个老好人,但是他绝对不是一个敏感的人,他不会想到你会去怀疑最诚实完美的马丁!但是我知道,探长,你必须了解,我研究警探的心理,这是一个被忽略的领域,比起犯罪心理学,它可有趣多了,而且不那么简单。当我在询问他时,也在不断观察你的眼神,你貌似平静的表情可以欺骗很多人,却是骗不到我。你的眼神仿佛在说:'你可以骗过绝大多数人,但却无法逃过我的眼睛!'"

默奇会心一笑,他从来不把对方的这类胡言乱语放在心上,反而视为一种恭维,事实上确实如此。"很好,特伦特先生,你说得对极了。我不否认曾经把他锁定为目标,但并没有很明确的证据表明他是凶手。然而你也清楚,用人往往会卷入这类事件,况且这个人又是如此特别。你记不记得威廉爵士的那桩案子?那个仆人和往常一样,早上轻手轻脚地走进主人的卧室拉开窗帘。几个小时后,他就将主人杀死在床上。我和这栋房子里的女士都谈过话了,她们都没有作案动机,但是对于马丁,我无法轻易做出判断。我不太喜欢他的态度,总觉得他还隐藏了什么,果真如此的话,我非得找出来不可。"

"好了,停止吧!"特伦特喊道,"我们别在这个问题上纠结了,回到正题,你有没有从马丁的叙述中找到破绽?"

"目前为止还没有。至于他提到的曼德森离开马洛的车子后是从窗户进来的，听起来似乎是事实。第二天早上，我问过打扫房间的用人，她说窗户旁的地毯上确实留有一些沙子，在屋外还有一个脚印。"探长从口袋里掏出一把折叠尺，丈量那个脚印，"同曼德森当晚穿的鞋子的尺寸刚好吻合。你可以在他卧室的鞋架上找到它们，就在窗户旁边，整排都是同一种款式，负责擦鞋的女佣已经帮我找出来了。"

特伦特弯下腰，仔细观察那个模糊的印记。"天哪！"他感叹道，"默奇，我得说，你已经取得很大进展了，那杯威士忌的发现，很了不起，你所提出的看法几乎让我要大声赞美你了，那件事情我必须好好想一想。"

"我觉得你渐渐进入状态了，"默奇说，"特伦特先生，我们的盘查才刚开始呢！这眼下的情况，你有什么初步结论？是抢劫吗？先假设有几个人参与了此案，马丁负责掩护，这些人对房间的摆设了如指掌，他们整夜观察屋内的动静。曼德森上床后，马丁把窗户关起来，留了一点缝隙，可能有意为之，也可能无心。等到十二点半马丁上床睡觉后，他们就溜进书房，喝了一点威士忌。假设曼德森并没有睡着，这伙人开窗时的声音被他听到了，他想到有小偷闯进了，于是静静起床一探究竟。此时，对方也正准备动手。一旦发现暴露了，他们立刻逃跑，曼德森一路追赶，在小木屋前面，他同其中的一个人扭打起来。这个人一怒之下猛击他的头，于是就酿成了这场命案。好了，特伦特先生，到你了！"

"很好，"特伦特说，"谢谢你，我想连你自己都不相信这种说法吧。首先，你所说的盗贼没有留下任何蛛丝马迹，根据马丁的说法，第二天早上的窗户是紧闭着的，这点应该没有什么疑问吧？其次，屋里没有任何人听到有人闯进书房的声音，也没有听到曼德森的喊叫。然后，马丁和邦纳就在附近，曼德森为何不把他俩叫醒呢？还有，在你长期的办案过程中，有遇到过哪个正常人在半夜起床抓贼时，还穿戴整齐并且不忘梳理头发、戴上手表和表链的吗？就我个人的观点，这叫过度修饰，美中不足的是他居然忘记戴上假牙。"

探长也陷入了思考，一双大手交叠在一起。"不，"他终于开口，"这种假设当然不成立，我希望我们能够想出他为何会在用人到来之前起床、穿戴整齐，然后在清晨十点之前在自己的房子附近被杀掉的真正理由。"

特伦特摇了摇头。"最后一点我们无法证实，我和知情者讨论过，不由得怀疑传统的'根据人死后的温度和生命迹象'所做的判断，那个方法曾让一些无辜的人被判刑。我相信史塔克医生已经做出了判断，我和他已经会面过，尸检后他一定会得出一些可笑的言论。他会说，根据尸体僵硬的程度和生命迹象来看，他已经死亡有一段时间了。我可以想象，这是医生从他学生时代的一本落伍的教科书上找来的说法。听着，默奇，我现在要指出一些你职业生涯上的盲点。有许多方法可以加速或延迟尸体冷却的时间,就拿这件案子来说,尸体被放在工具棚背阴处的潮湿草地上,这就会影响尸体的温度。如果曼德森死于一场搏斗,或是受到突然袭击,他的尸体就会立刻僵硬;反之,尸体可能在死亡后八小时,甚至十小时才开始僵硬。因此,你不能够按那些教科书上的方法来判定。如果他被射杀的时间是别人起床准备上班的时刻,那就应该会被看到或者听到。事实上,我们必须考虑到那样一种可能,假设他并不是在大家醒着的时间段被杀害的,譬如说早上六点半。曼德森先生在十一点上床,马丁一直熬到十二点半,假设他一上床便立即睡着,那么罪犯就有六小时的时间犯罪,六小时不算短。但是,无论发生在何时,我希望你能够谈谈你的观点,为何曼德森这样晚起的人,会在早晨六点半以前起床,并且穿戴整齐?为什么马丁这样容易惊醒的人,或是邦纳还有曼德森夫人,都没有听到他起床的动静以及其他声音呢?他一定是小心翼翼,蹑手蹑脚的。默奇,你是否也和我一样,觉得这很不寻常,很令人不解呢?"

"没错!"探长点头表示同意。

"现在,"特伦特起身,"我不打扰你思考了,我这就要去卧室看看,也许你会想出答案,但是……"他的语气突然变得有点恼怒,"如果你告诉我,在太阳底下,一个正常男人会穿戴整齐,而偏偏只忘记戴假牙,那你可以随时把我关进疯人院,将我视为一个精神病患者好了。"

全面搜查

一生中有些时刻，我们的内心呈现出一种难以名状的思绪，心里正想着什么，突然线索就从意识里飘了出来，这种体验想必人人都有。这不是危机中的人预感自己要脱离险境时那种自信，也不是乐观者一厢情愿的幻觉，而是一种成功就要唾手可得的感觉，像鸟儿轻快地飞来，又像一个将军坚信今晚他将大获全胜，或是一个打高尔夫的人预见到自己将挥出一记漂亮的长杆。当特伦特沿着书房外的楼梯向上走时，就是这种志在必得的感觉。

他心里满载了揣测和推论，虽然他暗中做了一些自认为意义重大的观察，但至今同案情没有任何联系。不过当他迈上台阶时，他预感胜利的曙光即将出现。

走廊铺着地毯，另一端有一扇窗户，光线透过窗户照亮了整个走道。走廊贯穿了整幢房子，两侧都是卧室，是用人的房间，门都敞开着。马丁的卧室则例外，他的房间对着同平台相接的楼梯。特伦特经过时，朝里看了一眼，那是一间小型的正方形房间，干净整洁。当他走完剩余的楼梯时，小心翼翼地不发出声响，紧摸着墙壁，但还是不免发出一阵咯吱声。

上楼后，曼德森的卧室就在右手边第一间。他立即走到门口，又检查了一番门闩和门锁，发现并没有被损坏，之后又检查了一下钥匙的纹路，结果一切正常，便走进房内。

这是一间布置单调的小房间，这位富豪的卫浴设施采用的也是最简单的样式。里面的布局依然保持着命案发生时的样子，凌乱的床单和毯子还盖在狭窄的木床上，被耀眼的阳光照着。在床边的茶几上，放着一只浅口玻璃碗，碗里的水不多，里面泡着一副精致的假牙，镶金的部分在阳光下闪闪发光。桌上还有一座旧的铁制烛台。椅子上随意披着几件衣服。五斗橱上放了不少东西，看来这里被当成梳妆台了，如此散落显示住在这里的主人是个性格急躁的人。特伦特仔细地观察一切，他注意到房间的主人没有盥洗或是刮胡子的痕迹，接着他用手指把玻璃碗里的假牙翻过来。一想到主人穿戴整齐地出门，却将假牙留在这里,他不解地皱起了眉头。

小房间显得空荡荡的,又十分凌乱,却是洒满阳光。这番景象让特伦特感觉不太舒服,他联想到了这样的画面:一个憔悴的男人在早上静静地穿上衣服,同时不住地窥视睡在内门的妻子,眼神充满不安。

特伦特不由得打了个寒战,再次将思绪放回案情的进展上面。他打开了床两侧的高大壁橱。壁橱里摆放着衣服,其中大部分是曾经睡在这里的人的便服,看上去很舒适。这显然是主人善待自己的为数不多的物品之一。

床的两侧墙壁各嵌有一个柜子,他打开橱门后发现里面都是衣服,鞋子也一样,在这方面,曼德森开销巨大。他所拥有的鞋子不但数量可观,而且都被小心翼翼地保存着,分别摆在靠墙的两排鞋架上,其中并没有靴子。特伦特本身就算半个皮鞋专家,他以专业审视的眼光研究起这些鞋子。看来曼德森对自己那双形状优美的脚很是自豪,因为这些鞋子全部属于同一款独特定制的样式——狭长圆头且制作精美。

突然,他的目光停留在上层的一双漆皮鞋上。

那是探长曾经对他谈及的鞋子,曼德森在遇害的前一晚曾穿过。他立刻发现那是一双磨坏的鞋子,而且最近才被擦亮,鞋子表面有些异样引起了特伦特的注意。他弯下腰,皱着眉头端详着,并和旁边的鞋做了比较。接着他拿起鞋,看了看鞋帮和鞋底的接缝处。

他下意识地轻吹了一声口哨，如果探长在场，一定会识别出这首小曲的名字。即便是再谨慎的人，当他们感到欣喜激动时，总会不由自主流露出一些动作，让明眼人知道他们正处于兴奋之中。探长知道，特伦特找到重要线索时，通常会愉快地吹起口哨，尽管探长并不知道那其实是门德尔松Ａ大调《无词歌》序曲中的片段。

他把鞋子翻转过来，用卷尺测量，又仔细端详了鞋底。他在鞋跟和鞋背中间，发现了一些红色沙砾的痕迹。他把鞋子放在了地板上，双手交叉在背后，走到窗户前，一面吹着口哨，一面看着窗外，其实什么也没看见，只是发呆。过了片刻，他的嘴唇动了几下，迸出了几个含混的单词，那是英国人在悠然神会时的自言自语。然后，他转身面对鞋架，仔细地逐一检查每一只鞋子。接着他又拿起椅背上的毛衣，看了一下放回原处，走到衣柜前，扫视了一遍，又特地观察了一下梳妆台上的杂物。做完这些，他坐在椅子上，手托着头，盯着地毯片刻，站起身来，打开通往曼德森夫人卧室的内门。

一眼就可以看出，这个原本属于贵妇的大房间内的摆设在短时间内被搬动过。梳妆台上女士用品都被一扫而空，床上、椅子上和桌子上没有任何衣物、帽子或箱子之类的东西，抽屉里也找不到手套、面纱、手帕、丝巾等物品，整个房间就像久无人用的客房。不过，家具和装饰品的每个细节，都显露出一种不落俗套的讲究品位。特伦特以他专业的眼光来看，房间里色彩和装饰的搭配堪称完美。这个婚姻不幸的女人，在这里做着她的梦，被孤独包围的她至少没有丧失艺术天赋。他对于这个素昧平生的陌生女人越发好奇，一想到她所承受的压力，特伦特不禁皱起了眉头。

他先走向面对门的落地窗，打开后走出去，外面是一个有铁栏的小阳台，往下就能看到墙中间隔着的一个小花圃和一片草坪，草坪一直延伸到果园，另一扇带吊窗的窗子开着。房间的另一角还有一扇小门通向过道，早晨的时候，女仆从这儿进来，女主人也从这儿出去。特伦特坐在床上，迅速画下房间的格局，床位于两道门和落地窗的中央，床头靠着和同曼德森房间隔离的墙。他望了一眼枕头，随后躺下，透过打开的门看着相连的房间。

观察了一会儿，他坐起身，看到床的两侧各安放着床头柜，上面铺着桌布。门边立着一盏优雅的铜制立灯，互相缠绕的电线露在外面。特伦特看看它，又看看屋内其他的电灯开关。这些开关和平常一样，安装在门后，坐在床上的人是够不着的。他站了起来，试了试所有的灯，都正常运行。他下床之后，迅速回到曼德森的卧室，按下铃。

"我再次需要你的帮忙，马丁。"特伦特对平静的马丁说，"我需要你帮我找来曼德森夫人的女佣，我有一些事情想问她。"

"当然可以，先生。"

"她是一个什么样的女人?算有头脑吗?"

"是个法国人,先生。"马丁简短地回答,停顿了一下接着说,"她和我们相处的时间不久,但是既然你问我对她的印象,我只知道,她对与自己无关的事情从不过问。"

"就是说你觉得她是个老实人喽?"特伦特说,"我倒不关心这个,我只是要问她一些事情。"

"先生,我立刻把她带来。"马丁退下。特伦特双手背在身后,在房间里踱步。不久,一个身穿黑衣的娇小身影悄悄来到他面前。

曼德森夫人的女佣有一双棕色的大眼睛,当特伦特经由草坪走进屋子的时候,她就注意到他了,而且对他产生了好感,心中一直期待这个破案能手早点传唤她。她想要给他留下深刻印象,因此神经略微紧绷了。但是和其他的人一同出现时,她显得若无其事的样子,尤其是面对默奇的时候,探长冷冰冰的态度让她冷静了下来。见到特伦特的时候,她就看出他不是那种有官场风格的人,他看起来是个富有同情心的人。

然而,当她走进房间的那一刻,直觉告诉她,通过卖弄风情让人印象深刻或许是不明智的。于是她坦诚地问道:"先生,您有话要问我?"接着她热切地自我介绍,"我的名字叫谢里斯汀。"

"对,"特伦特不动声色地说,"谢里斯汀,请你告诉我,昨天早上七点,当你端茶去女主人房间的时候,两间卧室中间的门——就是这扇——是开着的吗?"

谢里斯汀突然就神采飞扬起来。"噢!是的先生!"她操着有法国口音的英语回答,"那扇门像往常一样开着,我也像平时那样关上了它。我需要向你解释一下,我是从另一扇门进入夫人的房间的——啊!如果先生可以亲自去那个房间,就会明白了。"她把手搭在他的手臂上,引领他走进那个大卧室。

"您瞧!当时我端着茶点就这么走进来,然后来到床边,门就在我的右手边,向来都是打开的。但是由于门是正对着这张床的,因此我看不到曼德森先生房里的情形。曼德森夫人睡得像一个天使,她什么也看不到。我关上门,放下盘子,拉上窗帘,把盥洗用具准备好,然后就离开,大致就是这样!"谢里斯汀喘了一口气,摊开双手。

特伦特认真地看着她,点了点头说:"现在我明白了。当女主人起床后,在她的卧室穿衣用餐的时候,大家都还以为曼德森先生正在床上睡觉,是吗?"

"是的,先生。"

"那么实际上,当时没有人想要找他,"特伦特得出了结论,"嗯,谢里斯汀,非常感谢你。"他再次打开通往小卧室的门。

"没什么,先生。"谢里斯汀边走过小房间,边说道,"我希望您能抓到杀害曼德森先生的凶手,但是我并不为他难过。"她突然说道,激动地把手放在门把手上,她的牙齿咬得咯咯响,小小的脸颊开始涨红,这时候她不再使用英文了。

"我一点也不难过!"她突然冒出一连串法语,"可怜的夫人!她是多么美丽善良!可先生竟这样对她!她是多么无助!他简直就是一个恶魔!世界上怎么会有这样的人?真让人受不了,真的!""谢里斯汀,你冷静一点!"特伦特也用法语劝解她,"不能让探长听到你如此激动地说话,否则你可就麻烦了!而且说话的时候不要攥紧拳头用力挥舞,以免打碎什么东西。"特伦特厉声说道,谢里斯汀收敛了一些。

"你似乎比其他人对曼德森先生的死讯感到更高兴,我猜曼德森先生没有给予你应得的重视吧?"

"他向来只会将下人呼来唤去。"谢里斯汀简短地回答。

"这太过分了!"特伦特说,"我看,你不是那种小型茶话会上的年轻女孩,你是个实实在在的美人。在你诞生的那天,一定是有一颗不甘愿只留在空中的星星从天而降,勇猛、清澈、赤红而又特别。谢里斯汀小姐,我太忙了,回见吧。"

谢里斯汀把这番话当作赞美,惊讶使她恢复了常态。她回过头对特伦特露出瞬间的笑容,接着打开门迅速离开了。

特伦特留在小卧室里,开始斟酌谢里斯汀刚才的叙述,接着又回到他先前思考的问题。他拿起那双鞋子,放在一把椅子上,然后在对面坐下,两眼紧盯着这两个无言的证人。过了一会儿,他不时地吹几下口哨,但声音小得几乎听不见。屋子里很安静,窗外的树枝随风摇摆,发出沙沙的响声。特伦特待在屋内,一动也不动地坐着,表情凝重,陷入了沉思。过了半小时后,他猛然起身,小心地将鞋子放回鞋架,然后走到楼梯中间的小平台上。

在走廊的另一端有两间卧室。他先打开正前方的那扇门,走进一个凌乱的房间。角落里竖着钓鱼竿和钓鱼线,另一个角落堆着一摞书,凌乱地散落在那里。壁炉上也放了各式各样的东西:烟斗、卷笔刀、铅笔、钥匙、高尔夫球、照片、明信片、小盒子和一些瓶子。墙上挂着两幅铜版画和几幅水彩素描,壁橱旁边靠着几幅已经装好框的雕版画,还没有挂起来。窗户下面有一排皮鞋和靴子,特伦特靠近并仔细看着它们,然后拿出尺丈量,不禁又吹了一声口哨。之后,他坐在床的一侧,扫视着屋子。

壁炉上的照片引起了他的注意。他站起来凑上前去看,有一张是马洛和曼德森骑在马背上,还有两张是著名的阿尔卑斯山的山峰。一张已经褪色,上面有三个年轻人,特伦特一眼就认出那个有双蓝色眼睛的人——穿着十六世纪的武士战袍。另外还有一张是一位庄严的老妇,看起来有点像马洛。特伦特从烟盒里抽出一根雪茄,一面点燃,一面注视着这些照片。他的目光又转移到了雪茄盒旁边的一个扁平的皮盒子上。

盒子很容易就被打开,内有一把小型左轮手枪,有用过的痕迹,枪托上刻着名字缩写的英文字母J.M.。

当特伦特打开枪膛,正要检查弹匣时,楼梯上传来一阵脚步声。过了一会儿,默奇出现在门口。"我正在猜想——"他一看到特伦特,就把话打住了,微微睁开那双智慧的眼睛,"那是谁的手枪?马洛的?"他随意地问道。

"显然是房间主人马洛的,"特伦特指着枪托上的名字缩写,轻松地回应,"这是我在壁炉上发现的,很轻巧的武器,看来上次使用过之后被小心擦拭过,不过我对武器知之甚少。"

"我倒有所了解,"探长走到他身边,从特伦特手里接过手枪,"我想你也知道,武器刚好是我的专长,但是这并不需要专家。"他取出弹匣,捏在宽大的手掌中,把枪支放回盒子里,接着从背心口袋里掏出一个小东西,放在手里。那是一颗铅制子弹,上面有一些新的擦痕。

"这就是那发子弹?"特伦特斜着身子去看默奇手里的东西,喃喃问道。

"我在尸体上找到的,"默奇答道,"就在头盖骨的后方,史塔克医生一小时前取出送来警局的,他们方才派人送给我。你现在看到的这些新的擦痕，是医生用工具留下的，另外一些则是射击时造成的。"他指着壁炉上的手枪，"同一家生产商，同样的口径，没有其他手枪会留下这样的痕迹。"

两人站在装有手枪的盒子旁对视了几分钟，特伦特首先打破沉默。"这个推理完全错误，证据太明显了，根本不合常理。曼德森派马洛开车去南安普顿，马洛离开这里直到昨晚才回来，那个时候命案已经发生好几小时了。"

"目前这些都毫无疑问。"默奇尤为强调"目前"这两个字。

"而现在我们根据这把被擦拭过的手枪，可以得出：马洛根本没有去过南安普顿，那一晚他回到这里，在没有吵醒曼德森夫人或是其他人的情况下，设法让曼德森起床穿衣，走到屋外，然后用这把可以作为罪证的手枪杀害了曼德森。事成之后，他小心翼翼地擦拭手枪，同样又在不吵醒任何人的情况下，把它放回到一个警察很容易找到的地方。接下来他用了整整一天的时间，开了一辆大汽车躲藏起来，再回到这里，假装和这一事件完全没有关系。这大概是在几点？"

"晚上九点过后，"探长闷闷不乐地瞪着特伦特，"如你所言，根据目前线索所得出的第一种假设非常不合乎情理，几乎从一开始就漏洞百出。命案发生的时候，马洛的确已经在一百英里以外的地方，他的确去了南安普顿啊。"

"你怎么知道是这样？"

"我昨天晚上盘问过他，并记下了他的说辞。他于周一早上六点半的时候抵达了南安普顿。"

"少来了！"特伦特抗议道，"我怎么会在乎他说了什么？你为什么听信他的说辞？我想知道的是，你是怎么知道他去过南安普敦的？"

默奇先生轻声笑道："我本以为可以对你留一手呢，特伦特先生，好吧，告诉你也无妨。昨晚我一到这里，就从曼德森夫人和女佣那里了解到了事情的大概经过，我做的第一件事就是打电话给在南安普顿的同事。曼德森曾在上床前告诉妻子，他已经改变了主意，决定派马洛去南安普顿等一个人带来的重大消息，那人会在第二天坐船抵达。听起来也没什么不对劲，但马洛是这个屋子里唯一不受我掌控的人。他一直到很晚才开车回来，因此在做进一步推理前，我发电报去南安普顿调查。这是今天早上我得到的回复。"他递给特伦特几张电报纸，上面写着——

"你所指的人叫马洛，于今早六点半抵达贝德福酒店。他将车留在停车场，并宣称车属于曼德森，然后就去洗澡用餐。他去了码头，打听一名叫哈里斯的游客，此人会坐哈佛尔号轮船前来。马洛多番询问，直至轮船离港。马洛大约在一点十五分吃中饭，随后便驱车离开。经查得知，哈里斯是上周订的票，但未登船。布克探长。"

"简洁明了让人满意的答复，"特伦特把电报看了两遍，还给了探长，"他给出的说辞同我调查到的情况完全相符，他说由于担心哈里斯晚到，他在码头上停留了半小时，然后返回酒店，吃完饭之后决定马上回去。他还发电报给曼德森先生——'哈利斯未到。误船。返回。马洛。'这份电报是下午送到的，被放置在死者收到的那一堆信件中。他快速开回去，整个人筋疲力尽。当从马丁那里得知曼德森先生的死讯以后，他几乎当场昏倒。由于长时间缺少睡眠，健康严重受损，我昨晚前去问话时，他显得极为虚弱。但他的讲述前后一致，不见明显的漏洞。"

特伦特拿起那把手枪，转动弹匣。"马洛把枪和子弹匣随便放置，曼德森的运气真是不好。"他意味深长地评论道，同时把枪放进了盒子，"这恰好诱发了犯罪，你不觉得吗？"

默奇摇摇头说："这和这把枪没多大关联，这种样式的左轮枪在英国非常普通，是从美国引进的。如今人们买枪不是为了自卫，就是为了捣乱。有一半的人都想买这一样式和口径的枪，因为它性能好又轻便，无赖和好人都带着它。曼德森自己也配有一把一模一样的，我在楼下的书桌抽屉里面发现了，它现在正在我的口袋里。"

"啊，这么说，你原本是打算留一手了！"

"没错，"探长说，"不过既然你已经发现了一把，最好也让你知道另外一把的存在，诚如我所说的，找到它们对我们破案，并没有什么帮助。这房子里的人——"

　　这时，半掩的门被慢慢推开，门外站着一个男人。他俩吓了一跳，立刻中止谈话。那个男人的目光从枪盒转移到了两人脸上。他们之前没有听到丝毫脚步声，同时向那个男人的大脚望去。那人穿着一双胶底网球鞋。

　　"你一定就是邦纳先生。"特伦特说。

邦纳先生

"卡尔文·邦纳为您服务。"这位新来的人补充道,他从嘴边拿开尚未点燃的烟,显得有些拘谨。他已经习惯于英国人初见陌生人时迂回婉转的风格,因此特伦特直接的方式让他一时适应不过来。"我想,您应该就是特伦特先生吧!"他说,"曼德森夫人刚才和我说了。您早,探长!"探长点头示意,回应了他这种美式打招呼的方式。

"我正要回房间,听到一些奇怪的声音,就过来看看。"邦纳露出轻松的笑容,"也许你们会认为我在偷听,"他说,"不,先生,我只听到只字片语,好像是关于枪支之类的,仅此而已。"

邦纳先生年纪不大,个头矮小,有一张白净消瘦的脸,在略带女性化的脸型上长着一双深色睿智的大眼睛，一头深色的中分卷发，嘴里一直叼着一根雪茄。一旦把烟拿走，半张的双唇让他看起来显得精明，百分之百美国人的风格。

他在康涅狄格州出生，毕业后在一家券商做事，由于业务需要同曼德森接触，引起了这位商人的注意。曼德森关注了他一段时间后，雇他为自己的私人秘书。邦纳拥有典型商人的品质，富有远见、值得信赖、头脑优秀、工作高效且细致。曼德森还有很多人选，但邦纳灵活机警、守口如瓶，外加他对炒股颇有天赋，因此唯独选了他。

特伦特和这位美国秘书互相打量对方，彼此对对方都产生了好感。"我已经听过相关的解释了，"特伦特愉悦地说，"我本以为这就是打死曼德森的那支枪，但看来并非如此。探长告诉我这种手枪本来就很受美国人欢迎，现在它在全世界都很流行了。"

邦纳先生伸出他那清瘦的手，从枪盒里取出了那把枪。"没错，"他拿枪的手势很老练，"探长说得对，在我们那儿，人们把这个叫作小阿瑟，我敢说有成千上万的人在口袋里装着这款手枪。但是对我而言，这枪稍显轻了一些。"邦纳正说着，一面主动地把手伸进夹克衫里面，掏出一把其貌不扬的枪，"瞧瞧这个，小心，特伦特先生，它已经上膛了。这把小阿瑟，是今年我们到这里之前，马洛买来讨那个老家伙开心的。曼德森说过，已经是二十世纪了，不随身携带武器是很可笑的。所以，马洛就去街头买了，别人介绍什么，他就买什么，我猜是这样。他真应该问问我的意见，虽然这款也不赖。"

邦纳先生退后一步，眯起眼睛打量他。"马洛起初很笨拙，但是经过我上个月对他的一番调教，加上他自己不断练习之后，枪法已大为长进，但是他还是没有随身携带的习惯，真搞不懂他。因为任何时候都会有人想要除掉曼德森。这些年来，我一直随身带枪，就像要穿裤子一样自然。不过……"他伤感地说，"他遭到袭击时，我没有在他身边。好了，先生们，请原谅我必须要告退了。我得赶去主教桥，最近有很多事情要处理，天呐，我要发的电报多到可以撑死一头奶牛。"

"我也得走了，"特伦特说，"我约了人在'三尊酒桶'餐馆见面。"

"那我送您一程吧，"邦纳热情地说，"我将经过那里，探长你要一起去吗？不去？那么特伦特先生，我们走吧，帮我把那辆车弄出来。司机今天休息，除了洗车以外，很多事情都要靠我亲自动手。"邦纳不厌其烦地说着，他领着特伦特下楼穿过屋子。车库就在后面，中间隔有一段距离。即便是在正午时分，那块地方还是很阴凉。

邦纳先生看起来并不着急把车子开出来。他递给特伦特一根烟，然后把烟点燃，自己坐上车子的前盖，纤细的双手夹在膝盖之间，热情地望着特伦特。

"你知道，特伦特先生，"他停顿了一下，"我可以告诉你一些很有用的事情。你是个聪明人,我爱和聪明人打交道。我不知道自己是不是低估了那位探长,不过我觉得他是个笨蛋。我回答了所有他想要知道的问题,但却不想告诉他那些他没有问的事。你能明白吗?"

特伦特点了点头。"在警察面前,很多人都有这种感觉。但是我要告诉你,默奇绝不是你所想象的那样,他是全欧洲最精明的探长。虽然他的反应不是很快,但是很稳重,而且经验丰富。我的特点在于丰富的想象力,不过在办案方面,工作经验重要得多。"

"这算不了什么!"邦纳先生干脆地回答,"特伦特先生,这不是一件普通的案子。我告诉您这是为什么,我认为那个老家伙知道他要出什么事,但他觉得自己躲不开。"

特伦特在他对面坐了下来。"这听起来像是大有文章呀,"他说,"告诉你的看法。"

"我这么说是因为过去的几个星期以来,他的态度发生了变化。我敢说你一定已经听说了,曼德森是一个自控力很强的人,事实的确如此。我一直觉得他是商界最冷静、最强硬的人物,像死人一样冷静,我从未见过什么事情能让他失态。我比任何人都要了解他,我很清楚他在工作上生龙活虎的一面。我甚至比他的妻子更了解他,哎,那个女人真可怜!我对曼德森先生的了解超过马洛,马洛从来没有看到过他在办公室运筹帷幄的样子。他的朋友们也不如我了解他,可以说,我比任何人都了解他。"

"他有朋友吗？"特伦特插话。

邦纳敏锐地看看他。"一定是有人对你说了什么了吧，"他说，"确实，他没有朋友，他同不少有头有脸的大人物都是点头之交，他们经常一起游艇出游或是打猎，但我相信曼德森从未对其中任何一个敞开过心扉。从几个月前开始，他判若两人，非常忧郁寡言，整天愁眉不展，看起来有件无法解决的事情，而且这种情形一直持续。我想要告诉你的是，特伦特先生，"这个美国人把手放在特伦特的膝盖上，"我是唯一知道实情的人，他和其他人在一起时就闷闷不乐。当我和他在办公室独处时，只要有一点小的差错，都会让他情绪失控。就在这里的书房，我目睹他将一封信撕得粉碎，暴躁得像一个土著似的。还说要把写信的人抓到这儿来，一定不能让他好过，我从未见过他这样。另外，曼德森临死前的一周，他根本不过问生意了，当时事业已经无法正常运行了，他却不回复任何信件和电报。我想，当时的他已经被负面情绪淹没了。我曾经建议他去看医生，他却生气地说让我下地狱，我是唯一看到他这一面的人。但当他情绪失控时，如果他的夫人恰好走进来，他却能立刻变得沉着冷静。"

"你认为他这种隐秘的焦虑，是来自于某人对他的威胁吗？"特伦特问道。

美国人点了点头。

特伦特说:"所以你认为曼德森感到恐惧已经有一段时间了。在你看来,他情绪不稳定且过度紧张,这是我第一次听到这方面的情况。除此以外,你的这位大老板在美国是不是也有过类似的情况?好像曾经有报纸提到过。"

"别相信那些报道,"邦纳急切地说,"只有一夜暴富,但办事能力差的人才会发疯。像曼德森这样有地位的人,有谁听说过他们有失去理智的时候?相信我吧,不会的。我知道每个人都有情绪的爆发点,但这并不意味着他真的发疯,只是说个人有自己的怪癖,诸如讨厌猫或不吃海鲜等。"

"那么,曼德森的怪癖是什么呢?"

"他的怪癖可多了,和那些有钱人不同,这个老家伙排斥一切没必要的奢华。他不佩戴任何昂贵的饰物,也不喜欢别人帮他做琐碎的小事,除非很有必要,不然他很讨厌用人跟在身边。他对衣服非常讲究,还有对他的鞋子,他花在那上面的钱真是无比夸张。我要说的是,他一个随从也没有,他从来不让别人碰他的东西,一辈子也从没让别人替他刮过胡子,他的生活从不要别人插手。"

"对此我略有耳闻,"特伦特说,"你觉得是什么原因造成他这样?"

"嗯,"邦纳慢条斯理地说,"我想这是他爱猜忌嫉妒的个性造成的吧！据说他的祖父和父亲都是如此，你知道，就像咬着骨头的狗，认为全世界的人都觊觎他的东西。在生意场上，他总认为有人在打他的主意，不少时候的确是这样，但并不总是如此。日复一日，这老家伙就成了金融界最小心、最神秘的人，这一点对他的成功也尤为关键。但是以上说的这些，还不至于导致他走向崩溃，绝对不可能！如果你问我，他临死前是否逐渐丧失理智，那么我要说，他只是对于某事过度担忧乃至神经绷得太紧了。"

特伦特若有所思地抽着烟，心里盘算不知道邦纳是否了解老板的家事问题，他决定试探一下。"我听说他和他妻子之间遇到了些麻烦。"

"当然，"邦纳回答，"但是如果你认为这种事情会让他那么烦心吗？不，当然不会的！他这么强势的人，绝不会被这种事情打乱生活。"

特伦特用狐疑的目光看着这个年轻人，发现在他精明的外表下是无尽的单纯。邦纳先生打从心底认为，夫妻之间的裂痕对于一个强者而言只是微不足道的事。

"那他们之间究竟出了什么问题？"特伦特询问。

"谁知道呢，"邦纳一边回复，一边吐出一口烟，"马洛和我时常议论此事，但从未得出结论，起初我以为，"邦纳把声音压低，身子向前倾斜，"是那个老家伙求子心切，但却屡屡失望，但马洛对我的说法不以为然，他说失望的不是他。我想或许他是对的，他应该是从曼德森夫人的法国女仆那里听来的。"

特伦特很快扫视了他一眼。"谢里斯汀！"他暗自心想，"原来她是这么想的。"

邦纳先生显然误会他的眼神了。"可别认为我在揭露别人的隐私。马洛不是那种人，而是谢里斯汀对于他存有幻想，因为他的法语讲得实在太地道了，于是总爱缠着他聊天。在这方面，法国人和英国人截然不同，不管她是不是用人，"他补充强调，"真弄不懂，一个女人怎么能和男人谈论这种话题，实在搞不明白那个法国人，不过，也许法国人有法国人的习惯。"他摇着头说。

"回到刚才你所说的话，你认为曼德森一度陷入恐惧，是谁在威胁他呢？我一点头绪也没有。"

"我不确定是否能用恐惧来形容，"邦纳先生若有所思地说，"也许说那是忧虑或担心更贴切。那老家伙向来不屈服于别人的威胁。事实上，在我看来他从不采取预防措施，他只是设法避开它们。他常坐在书房的窗边，看着窗外的夜色，他那件白色衣服，恰恰使其成了显眼的目标。至于谁会想要取他的性命，"邦纳停顿了一下，露出一丝浅笑，"看来你一定没有在美国居住过，沿着宾夕法尼亚矿区一带，有成千上万名工人要养家糊口，如果有人封了矿区，为了躲避挨饿，这些工人们会不惜一切地在他身上炸开一个洞。他们都是全美最强悍的硬汉，他们潜伏多年,十年前曾经炸死了一个新泽西欺负过他们的人。你想美国人能阻止他们吗？对一个干事业的人来说,这需要一些勇气。老家伙一直都很清楚,在美国到处都有人想要干掉他。我只是不明白,为什么他要直接面对这种人呢？为什么不选择避开？为什么就那么肆无忌惮地在庭院里被人一枪打死？"

邦纳先生不说了。两个人坐在烟雾里紧皱眉头。终于,特伦特站起来说:"你所告诉我的,我是头一回听到,听起来很合理,唯一的问题在于,是否吻合所有的证据。我不会中断目前帮报社做的事,但我相信这是一桩有预谋的案子。非常感谢你,有时间我们再聊。"他低头看看表,"我朋友已经等候我一会儿了,我们现在可以出发了吗？"

"两点钟,"邦纳看着自己的手表,起身说道,"现在是纽约上午十点,特伦特先生,您不了解华尔街。这个时候,再也没有比华尔街更混乱的地方了,但愿我俩都不会经历这一切。"

神秘黑衣女子

  海水在微风的吹拂下拍打着岸边的石壁,大地披着一层似火的骄阳,一派美妙的英伦风情。特伦特一夜没睡好,八点不到的时候,他就沿着岩石下行至小水潭,想好好在清澈的水中畅游一番。他游过灰色的巨石,游到一片开阔的水域,逆流而上,然后又折回继续出发。十分钟后,他攀上了海边的哨壁。这件棘手的案子所带来的沉重负担好像已经解脱了,他开始专注于今天早晨要着手处理的事情。
  在抵达此处的第二天,一整天都用来调查了。自从昨日和那个美国秘书在主教桥分手后,特伦特并没有取得多少进展。下午在库伯勒先生的陪同下,从小酒店进了城。他们在一家药房买了一些东西后和一位摄影师闲聊了一会儿，然后寄出一封要求回复的电报，接着在电信局做了一些调查。

他并没有和库伯勒提及太多关于案子的事情，而后者对于案情的进展漠不关心，既没有问调查的结果，也没有问后面要采取的行动。从主教桥回来后，特伦特给《纪录报》写了一篇长篇报道，交给了该报驻当地的盛气凌人的代理人。之后，他便同库伯勒同进晚餐，饭后就待在阳台上陷入了沉思。

早上在爬岩时，他感慨这是迄今为止自己遇见的最烦人却最投入的案子。金色阳光洒在四周，他想得越深，案子就显得越邪恶，越富有挑战性。内心的揣测和已知的事实不断干扰他的睡眠。在清澈的海水中沐浴，阳光让他更看清这件案子的阴暗面。想到作案动机，他就不寒而栗。他的热情已经重新焕发起来了，感觉也变得敏锐了，决定不再拖延，也无须内疚。他希望在今天能弄出个头绪，证实自己所有的假设。当天早晨，他有很多事情要办，最重要的就是等待前天一封电报的回音，尽管他拿不准会不会有回复，但他希望能够得到回复。

沿着悬崖的顶端，回到旅馆的小路非常曲折。他刚才在水下时看不到这条路，现在超出海面有一段距离了。他一边攀岩而上，一边低头望着海面的波动，浪涛泼洒在岩石上的景致尤为动人。

往下几英尺的地方，伸出一块巨石，那是一块天然的平台，几乎有一个房间那么大，底部和三面石壁上都覆着一层厚厚的青草。一个女人坐在平台边缘，双臂环抱着膝盖，目光紧紧盯着远处的烟雾，脸上的神情如梦如幻。

在慧眼识人的特伦特看来，这个女子是天下最美丽的景观。微风吹拂她的素颜，在双颊上染下淡淡的一抹色彩，精致的侧脸是那么柔和典雅，双眉微蹙，小嘴略张，显得有几分严肃，却又那么妩媚动人，就像情诗中的人物。她的鼻梁挺拔，长度适中，弧度令人情不自禁地为之倾慕。她将帽子摆放在身边的草地上，任凭阵阵轻风流连在她那浓密的黑发之中，掀起的发丝遮住了她的前额，形成许多个小波浪。她着一袭黑色，从鞋子到脱下的帽子，全是上等的面料，剪裁精良。尽管她穿得如此朴素，但依然掩饰不住其曼妙的曲线和出众的品位。在法式风情的打扮下，她的姿态和面孔融入了来自阳光、海和风的活力，散发着女人的自信，不太像英国人，更不像美国人。

特伦特伫立了一会儿，惊叹于眼前的画面，他攀过她顶端的岩石，那种感觉却流淌过他的心底。这时候他敏锐的双眼和机智的大脑，不再那么管用，它们被一种男性的本能取代，细细品味着这个女子。这一次，他被美感激发了，此时的这幅图景，永远留在他的记忆中了。

他悄无声息地走过，黑衣女子正沉浸在自己的世界里，完全没有注意到他。突然，她挪动了一下身体，松开了环绕膝盖的双手，优雅地伸展着四肢和身躯，然后慢慢地抬起头，向前伸出双手，十指弯曲交握，好像试图抓住清晨的光辉和清新的空气。这是一个百分之百象征着自由和解脱的姿势，透着一种勇往直前的愉快之情。

他又看了一眼，便再没有回头。就在那一刻，他突然意识到了对方的身份。顿时，明朗的天空仿佛蒙上了一片阴霾。

在旅馆同库伯勒共进早餐时，特伦特便不太爱说话了，他推托是由于昨晚没睡好的缘故。而库伯勒经过了审讯之后则神采奕奕，为了帮助特伦特打起精神，他提到了检察院，并且评价说这一审讯规则有漏洞，接着便谈及即将到来的审讯。

"邦纳昨晚向我提及一些事情，"库伯勒说，"午餐后我曾去见过他，他提到对这桩命案的一种假设。特伦特，他是个聪明人，虽然时常发表怪论。不过据我看，他对世界有清醒的认识，这在他这种年纪是很少见的。事实上，他能被曼德森提拔到目前这个位子，足以证明他的能力。对于老板突然遇害而引来的事业危机，他似乎有百分之百的信心妥善解决。在遗嘱生效前，我必须为梅布尔处理一些事情，他也给了我很好的建议。不过我实在很难想象工人冲突方面的问题，他举了几个成功商人被劳工组织谋杀的例子。我亲爱的朋友，我们生活在一个很可怕的时代。我想，社会从未像现在这样，物质和道德比例失调，没有任何一个地方会像美国一样，有如此黑暗的一面。"

"我认为,"特伦特有气无力地说,"人们越热衷于赚钱的地方,清教主义就越盛行。"

"依你的说法,"库伯勒用诙谐的口吻回应,"虽然你所说的清教主义不是一种正确的称呼,只是一种浅显宽泛的概念——用不着我提醒你吧,这个字眼原本是用来形容一群致力于重整教会之风的圣徒。但你对曼德森的描述真是再贴切不过了,他就是一个节制而禁欲的人。不,特伦特,我所说的精神要素,还有很多可贵之处。在人类有限的生命中,越依赖科技,就越少去关注灵魂的圣洁。农业自动化使丰收日的习俗渐渐消失,因为已经没有存在的意义;由于人们不再频繁进出驿站,交通工具的发展也使得小酒店倒闭,我就不再举别的例子了,"库伯勒停顿下来,在吐司上抹一点奶油,"尽管很多人可能不认同我这番话,但是在思考生命的深层意义时,我从未停止对真理的追求。"

"警惕世人的名言确实必要,"特伦特从椅子上站起来说,"但是要让它们转化为通俗的用语,像是'拒绝教会那套'或'去向外国人征税'。你打算在开庭前赶到白色山形庄园那里去吧?如果你想要准时到达,现在就要动身了。我也还有些事情要去那里,我们一起上路吧!我得先去拿我的照相机。"

"请便。"库伯勒答应。他们一早就出发了。在树林阴影的衬托下,白色山形庄园的屋顶呈现出暗红色,同特伦特此刻的心情倒颇为相符,沉重、罪恶和烦恼同时困扰着他。他见到了那个美妙和生机盎然的女子，如果打击注定要落到她的头上，他盼望这不会是出自他之手。他从母亲那里学到的第一件事就是骑士精神，可是此刻，不论是从艺术家还是骑士的角度，他很担心一件精品会毁在自己手上，但这场调查难道就这样不了了之吗？他从来不能对这种丑闻视而不见，他认为只有自己才能识得案情的真相。除非真的有这个必要，否则他绝对不会滥用他的同情心。

一进大门，他看到马洛和邦纳站在门口说话，站在玄关暗处的正是那位穿黑衣的女士。

她见到他们，神情严肃地从草坪上走来，身子挺得笔直，脚步却非常轻盈。当库伯勒先生一一介绍了之后，一双琥珀色的眼睛亲切地投来致意的目光。她面色苍白，神情沮丧，全无在峭壁上的那种风采。她的声调很平稳，同库伯勒交谈几句后，便转向特伦特。

"我希望你能够顺利完成工作，"她热情地说，"你觉得会成功吗？"

她的话刚一出口，特伦特就在心里打定了主意。"我想我会的，曼德森夫人，当整件案子结束时，我会来见您，把一切都告诉您。因为调查结束后，在事情的真相发表之前，有必要请教您一下。"

对方一脸疑惑，眼中立刻闪现一丝忧伤。"如果有这个必要，当然可以。"

特伦特本想再开口说些什么，但迟疑了一下。他想，这位太太不会乐意把已经告诉警长的话再对自己说一遍了，应该不愿意再接受任何询问。他不确定自己是否是为了再听听她的声音，或者是为了再多看她一眼，才再次提出了问题。在这件案子的众多疑点中，这个问题一直寻求不到合理的解释，他或许能得到简单的答复也说不定，他终于还是开口了。

"你一直都配合支持我的工作，谢谢你提供一切便利让我研究案情。我想冒昧问您一个问题，我想应该不是你不愿意回答的问题。可以吗？"

她略带倦意地看着他。"如果我拒绝了，那未必太愚蠢了。特伦特先生，你问吧。"

"只有一个问题，"特伦特快速地说，"我们得知你丈夫最近从伦敦银行提走一笔数目很大的现金，然后把钱留在这里，实际上直到现在这笔钱还在这所房子里，你知道他为什么要这么做吗？"

她吃惊地睁大了眼睛。"我无法想象，"她说，"我不知道有这回事，我对此感到非常惊讶。"

"为什么你会感到惊讶？"

"我认为我先生只会放一点钱在家里。周日晚上，他还没有开车出去之前，到客厅找过我，看上去似乎在为某件事操心。还问我是不是有现金或者金子可以给他，明天就会还我。我当时很惊讶，因为他从来不会缺钱用的,他的钱包里一般都会固定放一百英镑左右的钱。于是我打开桌子,把所有的钱都给了他,大约也只有三十英镑吧!"

"他没有告诉你为什么要这笔钱吗?"

"没有,他把钱放进口袋,然后说马洛先生建议他在月光下开车兜风,有助于睡眠。或许你也听说了,他睡眠质量不好,所以他就和马洛先生出去了。我只是纳闷为什么他在周日晚上还需要钱,但是不久就忘了这事了,直到现在我才想起来。"

"这件事确实令人费解。"特伦特看着远方。库伯勒开始向他的侄女谈及庭审的步骤。于是,特伦特转身离开,朝在草坪上散步的马洛走去。对于开庭,马洛显得很轻松,不过他看来依然疲倦伴随着紧张,当谈及警方的自大傲慢和史塔克医生的死板时,他还是像平常一样谈笑风生。特伦特慢慢地把话题转到案情上,马洛的神色又凝重起来了。

"邦纳也对我说过他的看法,"当特伦特说出了那个美国人的假设时,马洛说道,"我个人不这么认为,因为这仍旧解释不了其中的一些疑点。我曾在美国住过一段时间,对此类复仇行动有所耳闻,精心策划然后秘密执行,不是没有这个可能。但对劳工运动而言,这是一个典型的现象,美国人在那种事上有他们自己的作风。你看过《哈克贝利·费恩历险记》吗?"

"那还用问吗!"特伦特大声说。

"嗯，我认为在所有美国民间故事中，最具有美国特色的是《汤姆·索亚历险记》的那些情节，他为了协助黑人吉米安全逃脱，原本只要二十分钟就能解决的事，却花了好几天的时间。你知道，美国人很钟爱小木屋和兄弟情义之类的故事，每一所大学的社团也都有它的秘密符号和竞争方式。你大概也听过'一无所知'政治运动和三K党吧！还有犹他州的恐怖政治，那都是一连串流血事件。在美国，摩门教的开创者可以称得上是最纯种的美国族群，你清楚他们都干了些什么。他们的意志被统一，美国人自己可以拿这个来开玩笑，可我在这个问题上态度很严肃。"

特伦特回应道："当牵涉到命案邪恶的行为，他们呈现出来的大都是黑暗的一面吧。尽管他们的文明程度不高，决心使生活变得有趣活泼，这一点我是比较欣赏的。说到眼下这桩案子，邦纳先生向我提到过，曼德森受到劳工的威胁，心情由此发生转变，你同意吗？比如他在半夜派你出差，这是不是很不同寻常？"

"准确地说是十点，但说实在的，就算他半夜从床上把我拉起来，我也不会觉得诧异。曼德森对于戏剧化的安排有一种强烈的嗜好，他很满意别人对自己的评价：出其不意，以及不按常理出牌。他临时决定要他突然想得到的哈里斯的回话——"

"谁是哈里斯？"

"没人知道，连邦纳都没听说过，不知道是什么来头。我只知道上周我去伦敦办事，应曼德森的指令帮乔治·哈里斯订了一个舱位，船将于周一到达。曼德森好像急于从他那里得到一些信息，他怕电报会走漏风声，而且当晚已经没有火车开往南安普顿，因此他派我去接洽。"

特伦特扫视了四周，确定没有其他的人，然后严肃地看着马洛。"有件事情我必须要告诉你，"他平静地说，"我想你并不知道，就在你们出发前，马丁听到你们在果园对话的最后几句。他听到曼德森说：'要是哈里斯也在那里，每一分钟都很重要。'马洛，你知道我在这里是有任务的，要做一些调查，希望你不要生气。当你听到曼德森这么说时，你完全不知道他指的究竟是哪方面的事？"

马洛摇摇头。"我真的不知道。你问的问题都很中立，我不觉得生气。我和他的对话已经都转述给了探长先生。当时，曼德森说无法告诉我是什么内容，只要求我找到哈里斯，告诉哈里斯他想知道目前的进展情况，并要我带回一封信。但他也告诉过我，哈里斯也许不在那里，要是能见到他，'每一分钟都很重要'。就是这样，我知道的和你一样多。"

"之后，他却告诉他的妻子，你要开车载他在月光下兜风，你知道他为什么要隐瞒你的任务吗？"

马洛做了一个疑惑的表情。"为什么？我也猜不出。"

"究竟为什么，"特伦特喃喃自语，眼睛盯着地板，"他要瞒着自己的太太。"他看着马洛。

"还有马丁,"年轻人冷静地补充道,"他对马丁也是这么说的。"

特伦特微微晃了一下脑袋,好像不准备再继续这个话题。他从胸前的口袋里掏出一个信封,抽出两张干净的纸。"马洛先生,请你看看这两张纸。"特伦特说,"之前你见过它们吗?你有没有印象它们是从哪里来的?"

马洛取出其中一张,好奇地看着。"这像是从一本小型日记本上被人剪下来的,应该是十月份的那几页,"马洛又仔细看看纸的正反面,"看来上面并没有写什么。据我所知,这里没有人用这样的本子,它们透露出了什么线索吗?"

"也许什么也没有,"特伦特不确定地说,"这屋子里面的人也许有一本这样的本子,只是你没见过,不过我并不指望你认得出它。实际上如果你认得它的话,我反倒会觉得惊讶。"

曼德森夫人向他们走来时,特伦特中断了谈话。"我舅舅说我们可以准备走了。"

"我想和邦纳先生一起过去。"库伯勒走来说道,"因为有一些事情必须尽快解决。梅布尔,你可以先同这两位绅士一道去吗?我们将在那里等你。"

特伦特转向曼德森夫人。"希望您见谅,今天早上我到这里来,是为了找一些我觉得是线索的东西,并没有想到要去听审讯。"

她温和地说:"特伦特先生,放心做你想做的事情,一切都靠你了。马洛先生,请你稍等一会儿,我马上就好。"她走回屋子。

库伯勒和邦纳慢慢朝大门走去。

特伦特看着他的同伴,"她真是一个好女人。"他低声说。

"你不了解她,才会这么说,"马洛笑道,"实际上,她比好女人还要好。"

特伦特没有再说什么,只是望着这片延伸至海边的草原。一阵急促的钉鞋脚步声打破了沉静,一个男孩从旅馆方向远远跑来,手里拿着一个橘色信封,从远处看来,是一封电报。特伦特冷静地看着他跑步经过另外两个人,然后转向马洛问:"你曾在牛津大学读书?"

"是的,"马洛回答,"为什么这么问?"

"我只是想验证一下我猜得对不对,这也是识辨人的一种方式,不是吗?"

"是,"马洛说,"嗯,也许每个人身上都有一些标识。假如我没有听说过你,我会猜你是个艺术家。"

"为什么?我的头发需要修剪了吗?"

"噢,不是,你注视事物和人的神情,就像我所见过的艺术家的眼神一样,总是仔细地勘察每一处小地方,不仅是看,而且把整个都看得透彻。"

那男孩喘着气跑过来。"先生,这封电报是给你的。"他对特伦特说,"刚刚到的。"

特伦特面露歉意,打开信封。当他一看到内容,顿时神采奕奕,马洛疲惫的脸上也露出一丝笑意。

"一定是好消息。"他轻声对自己说。

特伦特不动声色地看了他一眼。"不完全是好消息,"他说,"只是我的另一个猜想被证实了。"

开庭审讯

　　检察官很清楚，只要有一日他还处在地方律师的位置，他的一举一动都将暴露在世人眼皮子底下，于是他下定了决心，要让自己配得上这稍纵即逝的显赫。他是一个愉快乐观的大个子男人，很喜欢自己工作具有的戏剧性，曼德森命案让他成了全英国最幸福的检察官，长于言辞的他很轻易地就操控住了陪审团，有时候还能把同证据有出入的地方糊弄过去。

　　法庭设在旅馆内的狭长房间里，这房间才建成不久，没有什么陈设，还可以充当舞会派对或音乐会的场地。前排坐着一群记者，等待被传唤出庭的证人们坐在检察官座位后的桌子旁。陪审团坐在桌子另一旁的两排座位中,他们都戴着僵硬的假发,装出一副优哉游哉的样子。其余的空间开放给公众。在寂静的气氛下,众人静静听着开场宣誓。那些记者们早已习惯这种场面,交头接耳地小声说话。那些认识特伦特的人发现,特伦特没有出席。

被检察官传唤的第一个证人就是被第一个目击者叫来的曼德森夫人,检察官询问了她关于死者的健康和生活起居情况,以及她最后一次见到曼德森活着时候的情景。和一般人一样,检察官被她的忧伤感染,从而感到动容,她的证词也十分真实可信。她在发言之前卸下了黑面纱,苍白无瑕的面容让人印象深刻,女性化的脸上没有一丝冷酷,也没有显得神秘。显然,她强力控制住自己的情绪。回答提问时,她曾有一两次用手帕擦拭眼角。从头到尾,她的声音始终低沉而清晰。

根据她的证词,周日晚上,她的丈夫同往常一样在就寝时间回到了他的卧室,实际上就是她卧房附属的起居室。两间房的中间有一道门,夜晚通常是开着的,两间房各有其他的门可以出入。她丈夫卧房的摆设非常简洁,而且他喜欢睡在小房间。那一晚当他把房内的灯打开时,她还没有入睡。她在半睡半醒的状态下同他对话,不是很清楚自己当时问了什么,但是记得先前他好像提到过要开车出去兜风,所以她问他兜风是否愉快以及当时的时间。之所以问他时间,是因为她原以为他会很晚回来,而她才睡了一会儿。对方回答十一点半,接着告诉她自己改变了主意没有去兜风。

"他有没有说原因?"检察官问。

"说了,"女士回答,"他告诉过我,我记得很清楚,那是因为——"她突然停下来,一脸的疑惑状。

"因为——"检察官温和地重复。

"因为我丈夫通常并不喜欢谈论事业上的事,"证人微微傲气地抬高下巴,"他觉得我不会对生意上的事感兴趣,尽可能一笔带过,所以我很惊讶那天晚上他会告诉我原因。他说他派马洛先生去南安普顿见一个人,那个人第二天就搭船前往巴黎,马洛将从他那里带来很重要的消息。他还说如果没有意外,马洛应该可以轻松完成任务。他和马洛开了一小段路,然后走了一英里左右的路回家,觉得心情不错。"

"他还说了别的什么吗?"

"没有,我只记得这些了。"曼德森夫人说,"我当时很困,过了一会儿我又睡着了,只记得他当时把灯关上。此后,我再也没有见到活着的他了。"

"那后来的整个晚上你都没有听到任何声音?"

"没有。第二天早上七点,女佣把茶点端来的时候,像往常一样把通往我丈夫房间的门关上,我以为他还在里面睡觉。他需要充足的睡眠,有时候起得很晚。我在卧室里吃着早餐,直到十点,我才听说他们发现了我丈夫的尸体。"说罢，证人垂下了头，静静等待被允许回到座位。

但是事情还未结束。

"曼德森夫人，"检察官的话语充满同情，但听起来有一丝冷漠，"我将问你一个问题，在这种悲伤的情况下，可能会让你很痛苦，但这是我的职责，不得不问。你同你丈夫在过去的一段时间里，是不是还彼此恩爱信任？有没有什么不和？"

女士抬起头，面对这个问题，她的脸颊染上一些颜色。"假如这个问题是不可避免的，"她冷冷地说，"我会回答，以免产生不必要的误会。在他出事前的最后几个月，我丈夫对我的态度让我非常焦虑和忧伤，他变得非常多疑，以往我很少见到这样的他，他似乎更喜欢独处，对于他的这些改变，我无法解释。我曾试图打破这种局面，几乎放下了自己的尊严，但他一定向我隐瞒了某件事。我的自尊心很强，没有多费唇舌去追问他为什么，我决定仍用原来的态度对待他。我想，这辈子也无从得知究竟出了什么问题。"尽管她竭力控制，可当她说出最后几句话时，声音开始颤抖，同时她放下了面纱，沉默地挺直了身躯。

陪审团的其中一人毫不迟疑地问道："那么你和你的丈夫之间有没有所谓的夫妻对话？"

"从来没有。"这个平淡的回答让在场的人无法理解，像她这样的女人，竟然受到这样冷酷的对待。

检察官又问，最近她是否知道有什么事情让她丈夫如此费神。曼德森夫人一无所知。检察官很好心地请她回到座位。这位戴着面纱的女士走到门边，众人的目光也追随着她，然后转移到了马丁。检察官正传唤后者出席。

就在这时，特伦特出现在门口，侧着身子挤进屋，但是他并没有看着马丁，而是把目光落在沿着雨道向他快步走来的那个身材匀称的女子身上。他听见曼德森夫人轻声呼喊他的名字，于是他微微行了个礼，跟着她走了几步，来到大厅。

"我想要请求你，"此刻她的声音是那么虚弱而嘶哑，"你可否陪我回家？我刚才在门边找不到我的舅舅。我感觉自己快要昏过去了，我想……外面的空气可能好些……不！我不要留在这里，我必须回去，拜托你，特伦特先生。"她明确地提出了请求。她发现特伦特表现出了异议，她连忙打断他："我必须回家。"她样子非常虚弱，紧紧抓住他的手臂，几乎是拉着他离开那个地方。她紧紧依偎着他，在特伦特的扶持下，她一路低着头，沿着有橡树遮阴的小路，从旅馆慢慢走回家去。

特伦特一路保持沉默，心思却早已乱成一团，有个声音不断萦绕着对他喊道："傻瓜！傻瓜！"所有猜测、所有怀疑，一窝蜂地拥进脑海，但当她纤弱的手触碰到他的手肘时，他立刻意乱情迷。两人抵达了屋子后，他搀扶她坐在沙发上。他脸上挂着焦虑的表情，表现出礼貌的关切,心里不停地咒骂自己。她挽起面纱,眼神中充满了感激。她说自己感觉好多了,只要再喝一杯茶,精神很快就能恢复,她希望自己没有耽误到他任何重要的事情。她表示自己很不好意思,以为自己可以撑过去,却没有料到会被问及后来的那个问题。

"很庆幸您没有听到我刚才的回答,"她说,"当然您可以在报告中读到,我只是很惊讶需要回答那些事情……"她又加了一句,"而且是在众目睽睽之下,还要控制住不要出丑,门口的那些人都死死盯着我!真的很感谢您答应我的请求,我觉得……我可能……"她以一种奇怪的方式结束了交谈,并露出了一个疲倦的笑容。特伦特说服自己走开,然而他的手仍因那阵触摸而颤抖不已。

对于媒体圈来说,发现尸体的人提供的证词并不会带来新的线索,对于这种案件,警方一贯的态度就是平淡和神秘。让记者觉得最有收获的是邦纳先生的证词,他提供的证词造成了轰动,开启了诸多话题,他把对特伦特说过的话,在法庭上一字不差地重述了一遍。记者们个个奋笔疾书,生怕漏掉了半个字。不论是英国还是美国的重要大众刊物上,都将一字不漏地刊登这一段话。

检察官结合曼德森夫人的证词,向陪审团暗示了其自杀的可能性。但是第二天的报道根本没有提及这个说法,因为警方先前提出的证据并不利于这一推断,并且没有在尸体附近发现武器。

"这个问题当然很重要,先生们,"检察官对陪审团说,"事实上,这是现在的争议点。你们都见过尸体,听过医学检查方面的证词,但我再次提醒你们,我想还是有必要把我的看法向各位说明,史塔克医生已经说了,依据他的判断,死亡时间发生在尸体被发现之前的六至八个小时,造成死亡的原因是枪伤,子弹从左眼射入,打烂了左眼,贯穿了整个脑部,整个脑袋都被打碎了。据他所言,从伤口看来,没有自杀的可能,更何况眼睛上也没有武器压盖的痕迹。死者如果是自己开的枪,要与眼睛隔开这样的距离是不可能的。医生也很肯定地认为,从尸体的状况看来,在死亡时曾发生过搏斗。就他的观察而言,尸体被发现后并没有被搬动过,从尸体陈列的姿态来看,应该是中枪后即倒地,死者手腕和手肘上的擦伤和淤青是近期搏斗后留下的痕迹。"

停顿了片刻,他加重了语气:"我认为,邦纳先生强有力的证词不得不被纳入考虑。也许对你们中的有些人而言,他的发言令人惊讶。而在死者自己的国家,像被害人这样有身份地位的人,会招致这种意外。另一方面,你们中的有些人可能也知道,在美国,劳工所遭受的不平等,这种不满情绪常常会发展到极端程度,这在英国人看来是无法理解的,关于这点,我已经仔细问过证人了。同时,先生们,我绝对没有要求你们接受邦纳先生对于被害人死因的看法,这件案子显然不是那种情形。但是他的证词提出了两个问题:首先,死者是不是处于一种被威胁的处境；其次，根据证人所说，他近来的变化是否表示遇害前被害人笼罩在极大的焦虑之中。在各位下定论前，这些观点可供你们参考。"

检察官清晰地表达了自己的意见，他觉得邦纳先生的话非常中肯到位，希望陪审团好好斟酌再做出裁决。

重大发现

"请进!"特伦特喊道。

库伯勒走进特伦特的房间。已经是黄昏了,陪审团整天都没有离开他们的席位,宣读了对未知凶犯的处分。特伦特飞快地向上瞄了一眼,借着窗户的亮光,继续浸泡他的金属相片。他脸色苍白,动作十分小心翼翼。

"坐沙发上吧,"特伦特建议,"现在这些椅子就是我的工作台,这些都是从西班牙宗教审判镇压浪潮过后拍卖得来的。这张底片非常好,"他继续把底片对着光仔细打量,"嗯,我想,已经行了。我们等它干吧,现在来收拾一下。"

说着，他开始清理乱七八糟的盆、盘、盒、碗等一些瓶瓶罐罐，库伯勒好奇地把这些东西一一拿起来端详。

"这是海波溶液，"特伦特说，库伯勒打开一个瓶子嗅着，"当你急用底片时，它可以帮大忙。这当然不能喝，它可以除去次磷酸盐钠，不过我想这玩意儿也能取人性命。"他在金属架上找到一个地方，把最后一个小瓶子塞了进去，然后回来坐在库伯勒对面的桌子上，"旅馆房间的最大好处就是它的美观不会让你的工作分心。再也没有其他地方像这里一样，让我享受平静舒适中的乐趣。库伯勒，你曾经在这个房间待过吗？我来过不下百次了。几年来它跟着我走遍整个英国，即使在偏远的旅馆，或者不管多么精美的房间，我都会想念这里。看这桌布，是我在哈利法克斯不小心把墨汁泼在上面留下的污渍。还有当我在伊普威治时，在地毯上烧坏的洞。那幅名为《沉默的同情》的画裱上的玻璃已经被修补完好了，那是我在班柏利的时候摔破的。在这里我可以尽情工作，就像今天下午审讯结束后，我已经冲完了一些很棒的底片，楼下有一间很不错的暗房。"

"说到审讯，倒让我想起来，"库伯勒挑起了这个话题，很想了解特伦特在想什么，只有当他兴奋的时候才会这么说话，但库伯勒不知道对方究竟为何兴奋，"我来是为了谢谢你今天早上帮我照顾梅布尔的，我不知道她退场以后会觉得那么不舒服，她看起来是那么冷静，因为她是很有自制力的女人，我本想由她自己去了，我得把证词说完。幸好她找到了你帮忙，她非常感激你，现在已经好多了。"

特伦特两手插在口袋里，眉头微锁，没有做出任何回应。"我要告诉你的是，"他停顿了一下，"你进来的时候，我正在干一件有意思的事，你想不想看一些高难度的侦探专业技术？也许默奇此时也在这么做，不过我希望他还没动手。"他从桌边一跃而起，奔进了卧室，不一会儿，走出来的时候手中拿着一个很大的调色板，上面零星排列着一些物件。

"首先，我来向你介绍这些东西。"他把这些东西摆在桌上说，"这是一把大号象牙裁纸刀，这是从日记本上撕下来的两张纸——我自己的日记本，这个小瓶子里面装的是牙粉，还有一个打磨过的胡桃木盒子，其中有一些东西是屋内某个人卧室里的物品，今晚得放回去，我就是这样的人，什么都阻止不了我。今天早上，当大家都去法庭时，我借用了一下它们，我敢说要是有人知道这件事，肯定会觉得奇怪。现在板上只留下了一样东西，不碰它的话，能说出它是什么吗？"

"当然能，"库伯勒饶有兴趣地看着，"这是一只普通的玻璃碗，看起来像是洗手用的，我看不出有什么奇怪的地方。"他仔细端详了一会儿说。

"我也看不出有什么特别的，"特伦特说，"这就是有趣之处。现在你帮我拿着这只小瓶子，拔掉瓶塞。认得表面的粉末吗？我想你一生没少吃这个玩意儿。你们那个年代的人都用它来喂小孩，普遍称为灰粉——水银和石灰，挺不错的东西。我要你从瓶子里面倒出一些粉末在这个碗里……对，好极了。就是爱德华·亨利本人也不会有你做得好，你一定是个老手！"

"我真的不是什么老手，"库伯勒认真地说，此时特伦特正在把粉末又倒回瓶子里，"我完全搞不懂刚才做的是什么？"

"我将用骆驼毛刷轻轻刷掉碗上的粉末，现在再看一下，之前你没有见到奇特的东西，那么现在呢？"

库伯勒先生正大眼睛看着。"太奇怪了！"他说，"有两个灰色的大拇指印，刚才完全没有。"

"因为我是大侦探嘛！"特伦特仔细观察，"你想不想听听关于这个碗的故事？当你拿起它时，就会留下痕迹几天甚至几个月之久，但通常是隐形的。只要是人的手，绝对不会是完全干燥，有时候当事人焦虑紧张时，潮湿的手同冰冷的表面接触后就会留下印迹，而这个盆子就在最近被一个手部非常潮湿的人移动过。"他又撒了一些粉，"这是另外一边一个大拇指的痕迹，相当完整，"他平静地说着，但库伯勒可以感觉出，特伦特看到那淡淡的灰色指纹时很激动，"这个应该是食指。对像你这样博学的人，我用不着多讲。它只有一个涡纹，纹路排列整齐。第二个指纹为十五转的单轮形。我知道为什么会是十五圈，因为底片上也有相同的指印，我已经仔细检查过了。看这儿——"他举起一张底片对着落日余晖，用笔尖指着，"你可以看出它们是完全一样的指印，在边缘处分叉，另外一个也是。中间有一个疤痕，另一个也有。证人席上作证的专家将会发现这个碗上的指纹同我所拍到的底片指纹出自同一人！"

"那么你是在何处拍到它们的？这意味着什么？"库伯勒睁大了眼睛问道。

"我在曼德森夫人卧室前窗的左手边内侧找到的，因为无法把窗户卸下来，所以就在玻璃窗的另一边贴上黑纸，再把它拍下来。这个碗是在曼德森房间里找到的，是他用来浸泡假牙的，因为可以移动，所以我就把它拿回来了。"

"可这会不会是梅布尔的指纹？"

"我想不是她的，"特伦特果断地认定，"这些手印至少是她手指的两倍那么大。"

"那么可能是她丈夫的。"

"也许。现在让我们再来验证一次。"特伦特吹着口哨，打开另外一个小圆瓶子，里面装有深黑色的粉末。"这是灯灰，"他解释，"拿着一小张纸，一两秒后，这个小东西就会显示出你的指纹来。"他用镊子小心翼翼地夹起一张从日记本上撕下来的纸，然后递给库伯勒，上面没有任何记号。他倾倒出一些粉末在纸上，然后翻转过来，在另一面上也倒了一些，交给库伯勒。这时，在纸张的一面清楚地显现出黑色的印子，同碗上以及底片上的指印完全吻合。他把举起了碗，细细比较两者。特伦特把纸反转过来，另一面也清楚地呈现黑色的大拇指指纹，仍然一模一样。

"你瞧，是同一个人的，"特伦特微微一笑，"起初我只是猜想，现在我能够确定了。"他走到窗前向外眺望，又重复了一遍，声音带有一丝苦涩。库伯勒则一头雾水，茫然地盯着他无神的背影。

"我还是不明白，"库伯勒终于忍不住问道，"我常听说有关指纹的事，也很好奇警方是如何操作的。我对此有极大的兴趣，但在这件案子里，我不明白这个指纹——"

"我很抱歉，库伯勒，"特伦特突然回过神来，转到桌子旁，"当我着手调查时，原本打算每一步进展都与你讨论，但从现在开始，我必须对整件事保持沉默了。希望你不要误会，我并没有怀疑你的判断力。我要告诉你的是，我发现了一件事情，如果被其他人发现了，后果可能会让人心痛。"他神情凝重地看着对方，并用拳头猛击桌面，"我现在心里很难受，我多希望我的想法是错误的，我的结论也是错误的。现在只有一个办法可以证实，可我害怕这么做。"他突然对库伯勒惊慌失措地一笑，"好吧——我不能再如此悲观下去，一旦我觉得是时候了就会告诉你的,瞧,我的游戏还有一半没完呢。"

他拉过来一把坏掉的椅子坐下,然后试试那把大号象牙裁纸刀。库伯勒先生压抑住惊恐,咽了一口唾液,饶有兴致地向前弯下身子,递给特伦特那瓶灯灰。

富豪之妻

曼德森夫人站在起居室的窗前，望着室外细雨绵绵的朦胧景色。天气突然变了，这在六月份并不常见。阴沉的海面翻卷起了白色的漩涡，天空是一片阴霾，洒下淅淅沥沥的小雨，飞溅在窗格上。这位女士落寞地看着窗外的景色。对于这个刚成为寡妇的女人来说，今天是让人心碎的一天，生命如同丧失目标一样。

这时，有人敲门。她喊道："请进。"同时打起精神，无意识地做了一个姿势。每当心身疲惫时，这种姿势就会不自觉地流露出来。女佣说特伦特先生抱歉一大早就来打扰她，因为有些紧急事情，希望她能接见他。曼德森夫人同意了。她走到镜子前，望着自己那张橄榄色的脸,一丝痛苦的表情掠过。当她朝门口转过身时,特伦特已经进来了。

她注意到,特伦特的样子变了不少,显得十分疲倦,好像一夜未眠。并且,对方一改往日幽默顺从的微笑,取而代之的是冷漠的表情,这让她敏锐地感到了一丝不对劲。

"我可以说明来意吗?"特伦特边同她握手边说,"我要赶到主教桥搭乘十二点钟的火车,但是之前我必须得把这件事情解决,这件事情只关系到你,曼德森夫人。昨天整晚我都在思考这件事,现在我知道该怎么做了。"

"你看来累坏了,"她善意地说,"不坐下来吗?这把椅子很舒适。如果有任何我可以回答的事,尽管问我吧。特伦特先生,我想你在这里执行的工作不会让我为难的,如果你说有事必须见我,一定是因为你觉得有必要这么做。"

"曼德森夫人,"特伦特慢慢地说,并斟酌着用词,"如果我能帮忙的话,我绝不会让事情恶化,但是我现在要做的可能使你不愉快,我希望这件事情仅限于你我之间,至于你是否愿意告诉我,你可以考虑一下再做决定。我以自己的名誉对你说,我提的问题只能决定我是发表还是收回我发现的关于您丈夫之死的重大线索,这些线索还没有被其他人怀疑到,我想他们也不可能怀疑到。我所发现的——我确认的事——可能会让你大吃一惊,甚至更糟。但如果你有足够充分的理由,我也可以不让这份手稿公之于众 。"他把一个长信封放在身边的桌子上,"它里面的内容绝不会见报。这份手稿包含了我给我编辑的一封私人短笺,一篇为《纪录报》撰写的报道。你有权拒绝回答我的问题,如果你拒绝了,我将履行我的职责,今日就把它带到伦敦,交给编辑处理。我的观点是,如果只是出于个人臆测的话,我没有权力隐藏这份手稿,但是如果我从你这里获取了无法从其他地方证实的事情,那么作为一名绅士和一个……"他踌躇了一下,"一个希望你能好好生活的人的立场,我将不会发表。从某些方面说,我不想帮警察的忙,你明白我的意思吗?"在特伦特谨慎冷静的语气中透着一丝焦虑,因为他无法猜透对方心里是怎么想的。

曼德森夫人双手交叉在身后,两肩后张,平静的样子如同她在出庭时一样。"我很理解,"曼德森夫人低声说,她深吸了一口气,"我不知道你发现了什么可怕的事情,或者是忽然想到了什么可能性。不过还是感谢你来找我。现在能告诉我是什么事吗?"

"目前我还不能这么做,"特伦特回答,"这是报社的秘密事务。相信我,如果真的是你的秘密,我将把手稿交给你,你可以销毁它。"突然,一阵暖意涌上了他的心头,"我非常讨厌故作神秘,这是我平生最痛苦的时刻。我要求你告诉我的第一件事是,"他的声音又变得冷酷起来,"在法庭,你说你不知道为什么你的丈夫在他生前最后的几个月对你的态度突然转变，这是真的吗？"

曼德森夫人挑了一下深黑色的眉毛，眼睛里仿佛迸发出了火焰，猛地从座椅上立起来。特伦特也跟着起身，从桌上拿起信封，他的举动似乎在表明谈话即将结束。但是她举起一只手，脸上腾起一层红晕，快速地喘着气说："你知道你所问的是什么吗，特伦特先生？你在问我是否做了伪证！"

"对，"他无动于衷地回答，停顿了一下接着说，"你知道，我来找你并不是为了恪守那些斯文的假话。一个品格高超的人宣誓，在任何情况下都不可隐瞒说谎。"他站得笔直，好像等着随时被赶出去。她沉默地走到窗边，他怜悯地看着她的背影。

女士把脸别向另一边，望着阴沉的天空，开口说话了，声音异常清晰。"特伦特先生，"她说，"你有能力激发人们勇气。我感到本来不想谈论的事情，跟你说是安全的。我知道，你一定有非常重要的理由这么做，虽然我不知道是什么。我想如果我回答刚才的问题，应该也算是为了正义吧。在让你明白事实之前，我想先让你了解我的婚姻。很多人都会告诉你，这不是一场……很成功的婚姻，当年我才二十岁，崇拜他的强势和坚毅，他是我见过唯一的称得上强者的男人。但是不久之后，我意识到他对事业的关心远胜于对我的关心。其实我一直都在欺骗自己，暗示自己一些不可能的承诺，自欺欺人而不敢面对自己真实的感觉。这一切只是因为我沉迷于一个念头——我将比任何一个英国女孩所梦想得更为富有。过去的五年来，我对我丈夫的感情……或许不该这么说……我想说的是，他一直坚信我是一个可以在社会上拥有一席之地的女人，而且我应当乐意这么做，对他的声誉和形象也有利。然而，这都是他一厢情愿的想法，可以说是他野心的一部分。所以当他发现我无法成为社交场合的焦点人物时，他受到了极大的挫败，因为我没有如他所愿在社交界走红。像他这样的人，比我大二十岁，生意上的责任重大，除了生意别的全都不管。而我却是在音乐、书籍和不切实际的遐想中长大的，总爱自行其是。他一定认为，和我这样的一个整天和音乐、书本为伍的女人结婚，是一个错误和麻烦。他曾经指望我能成为一个让他引以为傲的妻子，可我实在办不到。"

　　在特伦特面前，曼德森夫人饱含情绪地诉说着，越谈越激动，并且抑扬顿挫，声音像铃声一样清脆。特伦特想，前几天一定是在惊吓和自我压抑之下，才让她的音调听起来僵硬死板。她在窗前转过身，当提到往事时，内心压抑许久的感情被唤醒，眼睛散发出神采，她的手部动作也渐渐丰富了起来，憋闷已久的话喷涌而出。

　　"他们，"她说，"那些人们，你能想象吗？那些人能从事有尊严的工作，不论男女，不论贫富，他们有自己的事业，有自己的信念，这是多么有意义。你知道这意味着什么吗？离开这样的世界，跨去另一个必须非常有钱才能进入的世界，那儿的规则是你得非常有钱，钱多得都可耻了，你才能生存，钱定义了世界的一切价值。那些百万富翁们为了工作而精疲力竭，即使有闲暇时光，还是为工作奔忙，而比起这些人，那些无须工作的富翁更为呆板。至于女人，要不就是打扮得花枝招展，要不就是脑袋空空，你知道这种生活有多糟糕吗？我认识其中一些有品位的聪明人，但是他们全被埋没了、被玷污了，最终他们的下场将变得一样，除了空虚什么也没剩下！噢！我的天，可能我夸张了点些，确实我也交过一些朋友，有过愉快的时光，但是我现在的感受就是如此。在纽约、在伦敦，尽是没完没了的派对宴会和游艇出游，一样的人，一样的空洞！

"可是，你看，我丈夫无法体会到，他从来不感到空虚。纵然他在社会中生活，但他的身心被事业的企图所占据，他从来不过问我的感受，我也没有告诉过他，我和他也无从交流，因为我们之间向来就是不平等的。我觉得必须改变自己去适应做他的妻子，分享他的地位、荣耀和财富。我唯一能做的，就是努力强化我的社交能力去配合他……我真的尽力了……但却一年比一年难。我从来就不是什么大受欢迎的女主人。我是谁？一个失败者，但我仍然继续尝试。我变得喜欢假日，因为这是透气的机会。我曾带着一个经济状况不好的朋友游历了意大利一两个月，路上的一切都十分简陋，但我感到非常快乐。我也曾在伦敦待过很长的时间，和那些熟悉我的人像往日一样重新聚在一起，同朋友互通讯息，讨论在哪里可以找到更便宜的裁缝之类。这些都是我结婚后最快乐的时光。靠着这些记忆，我挨过了很久。但我可以感到，我的丈夫厌恶我过去的那种生活方式，他要是知道我多么喜欢回到过去的日子，非恨死我不可。

"然而他最终还是知道了，我想一旦他关注了某件事，他能完全看透它。显然，我无法在社交圈中做到游刃有余。我想，在他看来，这是我的不幸而非过错。但当他发现即使我努力伪装，还是无法提起精神时，他彻底明白了我是多么厌恶奢侈浮华还有那个圈子里的人。这是去年的事，我不知道他是怎么意识到的，可能是某个女人对他旁敲侧击，因为女人们都理解这一点。他什么也没有对我说，我想，起初他并不想因此改变对我的态度，但是这件事情毕竟影响到我们之间的关系，我想他也很清楚这点。从那之后，我们只限于客客气气的相互关照，该怎么形容呢，就是一种思想交流吧。我们就很多问题毫无拘束地交换看法，同意或者不同意，又都不争得过分……你懂这意思吧？可到了这时候，我感觉到，我们生活的唯一基石正从我脚下一点点崩溃，最后终于倒塌了。我想能够使我们共处的唯一方法就是，各自过各自的生活，可是到后来，这点自由也没有了，而转为一种连陌生人都不如的关系。在他死前的那几个月，就一直这样。"她简单地做了一个结论。

说完，整个人深深陷入了窗户旁的沙发，像是耗尽全身力气之后身体彻底放松下来。

两人沉默了一会儿。对于女士的坦然告之，特伦特颇感意外，也很惊讶于她的表情和情绪的变化，他试图从纷乱的思绪中整理一下思路。受到往事的牵制，她表现得很激动，完全展示出女性真实的个性来，就像那时他曾经见过她陶醉在自己的世界，完全没有任何防备时的样子，和她在众人面前展现出的苍白自律的贵妇模样完全不同。那种阴暗的美让他感到害怕，让他不由得想到她的婚外情，还不和谐地夹杂了其他的念头……她的特别不在于她的美丽外表，而是她的自然本性。在英国，美女大多空洞乏味，有个性的女性则姿色稍逊，因此从来没有一个美女能够让他动心。当涉及智慧时，他宁可要聪明的、个性的火焰，也不会选择没有任何反应的死板女人。"这一切都真假难辨，"他的理性告诉他，然而直觉发出了另一个声音，"对，除非我被迷惑了。"接着直觉更大声地喊道，"离她远点！"他迫使自己回到她的叙述里，迅速地做出判断。

"好像我让你说得比你原本想要说得多，或者是比我想知道得多，"他缓缓地说，"不过，我还有一个很鲁莽的问题，可以说也是我的调查重点。"他两手环抱着自己的身体，"曼德森夫人，你可以向我保证，你丈夫对你态度上的改变同约翰·马洛毫无关系吗？"

他害怕的事情终于发生了。"噢！"她抬起头愤怒地叫了出来，伸出双手像索取同情一般，然后将手捂住发烫的脸，身体不住地摇晃，用双肘撑着身体。特伦特只能看到她浓密的黑发，她的阵阵抽泣声刺痛了特伦特的心。她踉跄地来回踱步，就像一座高塔轰然倒地，无助地哭泣。

特伦特站起来，脸色苍白而平静。默不作声地把信封放在中间的桌子上，然后走出门外，转身静静地关上了门。几分钟后，他大步流星地在雨中步行，不知道要去往哪里，不知道要做些什么，他正克制自己目睹那一幕带来的震撼。他冲动地想跪在她的面前祈求原谅，对她倾吐那些话——他不知道该说些什么，但是萦绕在嘴边许久的话语——他会抛弃自尊，带她走出悲伤和厌恶，同她热吻。然而，那嘴唇属于一个丈夫还未下葬的女人，属于那个心里另有所属的女人。

这就是眼泪的魔力。菲利普·特伦特，一个青年小伙子，一个本性比实际年龄更年轻的人，他的生活方式曾使他锋芒毕露，他的精力如同火山一般。当他体会了年轻人才会有的萌动时，他冷酷地告诫自己，这样的事情是毫无意义的，这只是对自己的道德和意志力的考验而已。

未发表的稿件

亲爱的莫洛伊：

以防万一我在办公室找不到你，我写了这封信。我已经找出杀害曼德森的凶手，将在这篇报告中阐明。这是我要解决的问题，而你的问题是如何处理这篇文章。这篇信件中鲜明指出一个未被怀疑的人和这起案件有很大关联，甚至可以指控他就是凶手。因此，我相信在他未被逮捕之前，你不会刊载这篇报道。即使被逮捕后，务必等他被审判定罪以后才能合法公开发表。届时你再决定是否要用这篇文章中所提及的事实，这是你个人的事情。同时，你是否愿意和伦敦警察局联系，让他们看看我写的东西呢？我已经解决了这件案子，真希望我从来没有参与过。以下就是我的报告。

菲利普·特伦特
于马尔斯多
六月十六日

我刚开始接手这件案子的时候，心情是矛盾的。这是我第三次，也很可能是最后一次替《纪录报》写有关这件案子的报道。前两次，为了公平起见，我不得不保留了一些事实，以免公开之后引起某人的警觉，甚至导致他潜逃，因为他的勇气和智慧高于常人。但是我必须承认，该案件中的那些欺骗和不正当的手段会让人感受到一种邪恶的气息。犯罪的过程和动机都是一个谜团，我想我已经破解。

记得在我发来的第一篇报告中，曾描述过周二一大早我抵达现场的情况。我提到了尸体如何被发现、在哪里发现，用了很多篇幅描述扑朔迷离的命案现场，还有死者周围的人的看法。此外，还叙述了死者的居住环境以及最后一晚的情况。可能也提过一些不大相关的事，如最后一晚曼德森的威士忌酒瓶中的酒少了比他平时更多的量。第二天，也就是开庭当日，我寄出了比摘要略长的报告，描述了法庭现场的情形。应我的要求，《纪录报》当地的通讯员已写成一篇报道。现在，我已经完成了对案件的调查。根据这份报告，可以直接指认出谋杀曼德森的那个人，而他必须站出来澄清自己的嫌疑。

暂且不论该案件中的主要疑点——为什么曼德森比平日早起，来到室外被杀掉——这件案子还有两个可疑之处，那些成千上万看过报道的人也能指出。首先，距离尸体不到三十码远，屋子里面的所有人都说当晚没有听到任何喊叫，但是死者并没有被捂住嘴巴，他手腕上的淤青表明他曾经和凶手有过一番搏斗。另外，至少有一声枪响（我说至少一声是因为这件案子牵涉到用武器之前双方有争斗，因此凶犯会打出至少一发子弹）。当我了解到家里的男仆马丁是个睡眠很浅、听觉敏锐的人，当晚他开着窗户，且又位于几乎面对尸体旁的小屋却什么也没有听见后，更加觉得匪夷所思。

第二个疑点，命案发生时，曼德森将假牙留在床边。他似乎起床后，穿着整齐，戴上了手表和表链，系上领带，然后忘记戴上他每天必用的假牙。假牙由完整的上排牙齿组成，那么多年来，他天天戴着，很显然不是因为太匆忙而忘记的。如果是这样，他应该忘记别的东西，而不是假牙。任何一个佩戴假牙的人都知道，起床时戴上它是随手的习惯，不仅是为了外观，说话和进食都要依靠它。

这两处疑点都没有得到进一步的解释，它们只是提醒我，这件案子背后隐藏着的谜团，比曼德森走到室外被杀更加诡异。

铺垫了那么多，接下来我要介绍着手调查后最初的情形，其中涉及很多技巧，直至一步步揭开案情。

我已经描述过曼德森和他夫人的卧室，与简单家具摆设形成鲜明对比的，是他的衣服和鞋子数量之多。满满两长排的鞋子中，我找到了他死前那晚穿过的一双漆皮鞋。整排鞋子我都仔细研究过，我本人也是一个鞋子鉴赏者，倒不是指望它们会提供一些线索。这些鞋子一律有上乘的材料和做工。我立刻注意到有一双与众不同的鞋子，鞋底很薄，这双鞋子已经很旧，差不多要破了，但是被小心地擦拭过，看来和其他鞋子一样都还很好。而引起我注意的是，鞋面上有一个小小的皱痕，在上下面的接缝处有一道细微的裂痕向外延伸。只有当一个人用力穿下这种鞋时，这里才会紧绷。经过我的检验，这双鞋的缝合处已经被撑松，鞋底的皮已经移位，裂痕都很细小，而且裂开的部分已经重新接在一起了。若不是对鞋子有特殊爱好是不会注意到这些的，况且是在仔细检查过后才会发现。这一切表象都说明一件事，这双鞋子被一个脚码更大的人穿过。

曼德森本人显然是一个爱惜鞋子且很小心的人，他对自己那双小巧的脚颇引以为傲。其他的鞋子都没有出现类似的裂痕，它们的主人不是一个会把脚丫硬塞进去的人。由此我断定，有人穿过那双鞋子，而且就在最近，因为那些裂痕很新。

有人在他死后穿过这双鞋的可能性被我排除，因为我检查这双鞋子时，离他遇害时间还不到二十六个小时，为什么要穿它们呢？假如他还活着，有人借来这双鞋并且穿坏它们，也同样不可能，因为在还有其他选择的情况下，是不会有人挑这双的。会进他房间的只有一个男佣和两个秘书，但是我并不觉得他们会这么做。自从我在马尔斯多下了火车，整件案子就一直萦绕在我的脑海，许多细节和头绪一点点地浮现出来，突然思绪清晰了起来。

好吧，我不故弄玄虚了。毕竟每个行业的人在面临难题时，都会借用心理学上的小伎俩。在混沌不明的情况下，偶然遇到了转折点，很快便能够将脑子里的那些念头重新排列组合，在结果明朗之前，把它们一一关联起来。以此为例，在我还没有想到穿这双鞋子的人并不是曼德森本人以前，一度曾有过一些念头，它们都指向同一个目标。首先，他晚上不会喝那么多威士忌；其次，他向来都穿戴整齐，可尸体被发现时，衬衫的袖口、鞋带都没有整理好；另外，从往常一贯的表现来说，曼德森很少同妻子谈话，而当晚在睡前，他却和妻子谈及自己的公事，这点非常奇怪；让人最无法理解的是，他在离开卧室时，竟然忘记戴上假牙。

所有的这些头绪，从一开始就纷纷涌入我的脑海。当我看着那双鞋子时，它们一同证实了我所肯定而未证实的想法——当晚在曼德森房间里的人并不是他本人——开始这个想法听起来确实很荒谬，因为他本人在屋里用餐，和马洛一同开车外出，周围的人在近距离看到过他。可是，当晚十一点回来的那个人是他吗？这听起来有点唐突，可我不能忽略这个假设。一开始，我的心绪就像被一片昏暗笼罩着，直到黎明时刻太阳渐渐升起，让我豁然开朗。重新考虑过后，突然一个念头冒了出来，假如有这种可能，为什么假冒曼德森的人会做出那些他不会做的举动？

我不需要花很长时间去思考他勉强穿下小鞋的动机。原因很简单，因为警方一定会去测量脚印，那个人避免留下自己的脚印还刻意留下曼德森的脚印。如果我没猜错的话，他的整个计划是为了制造一种曼德森本人在场的假象。他不仅留下了脚印，还故意把鞋子像主人往常的习惯一样留在那里，并擦拭了它们。鞋子早上被女佣在卧室门外发现。

当我沿着这个方向去思考，我立刻想到那副被遗忘的假牙，它是整个事件中最离奇的部分。按理说，假牙是不会和使用者分离的，如果我猜对了，那个伪装者把它从曼德森的口中借走了，一起带进了房间，把它留在了卧室里，是为了同一个目的——让别人误认为曼德森曾经回屋睡觉。这让我推断，在冒充者进入房间之前，真曼德森已经死了。

还有一些其他事实能够支持这个假设，譬如那些衣服，我现在换个角度来解释。如果我没猜错，那个穿上曼德森鞋子的人，也穿上了他的长裤、背心和打猎外套。我曾经在卧室看到过那些衣物，马丁也见过那个穿着那件外套的人坐在书房的电话旁。那件衣服大家都能认出，显然（如果我没有猜错）这件一目了然的衣服成了那个人的重要道具，凶手预见到马丁在看到他的第一眼，便会把他当作曼德森本人。

接下来，在我思考曾经忽略掉的事情时，整个思路遇到了阻碍，这一点至关重要。大家都不曾怀疑当晚曼德森出现过，然而包括我在内，谁都没有注意到，马丁和曼德森夫人都没有看到那个人的脸。曼德森夫人（她在法庭上的证词中提到，我先前说过，我曾要求《纪录报》的当地特派员记录下法庭的全过程）完全没有看到那个人的脸，因为不可能看到，当她半睡半醒躺在床上时，只是和对方交谈，内容继续了与一个小时前她和还活着的丈夫之间的对话。至于马丁，据我了解，他只是看到那个人的背影，当时那人在电话机前坐着，当然模仿了死者的动作特征，还戴着曼德森的那顶宽边帽子。一个人的头部和颈部会显现出许多特征，我假设这个人的体格可能和曼德森相像，那么除了外套、帽子和动作之外，并不需要什么乔装打扮。

到这里，我停下思索着这个人的沉着与机灵。我开始意识到，只要他模仿得好，而且头脑冷静，作案是十分安全且容易的，只要具备这两点，他的所作所为可以说是神不知鬼不觉。

再回到我的困惑点吧，当我坐在死者的房间，看着那双泄密的鞋子时，开始盘算为什么他选择从窗户进来而不是大门呢？理由很显然，因为从大门进来，一定会被敏感的马丁察觉，当时他就在客厅旁的储物室内，那样他们就会面对面地遇见。

接下来是威士忌酒瓶，其实我并不是很看重这个细节，毕竟在一栋住有八九个人的屋子里，哪怕酒瓶不翼而飞也是有可能的。但它减少的方式很奇怪，马丁对此也表示很惊讶。我认为，一个人无论他是否干过这种血腥的事，从尸体上取下衣服还要继续伪装，这时候看到酒，也许就像看到老朋友一样。毫无疑问，那晚他在传唤马丁之前，先喝了一杯，当他完成任务时，可能又喝了不少。但是他懂得克制，因为最困难的部分还没有过去，这件事情——显然对他至关重要。他现在把自己关在曼德森的房间，冒着一定的危险——他必须保持冷静不紧张——睡在隔壁的女人可能醒来并发现他。如果他保持在有限的视野之外，她只能在起床或是走到门边才能看到。我发现她的床头靠着墙，床位于门的后面。如果她躺在床上，透过中间的门，那么除了曼德森的床头柜，其他什么也看不到。另外，这个人很清楚房间的布局，他认为曼德森夫人马上就要睡着了。据我猜测，还有一点就是，虽然曼德森夫妇竭力掩饰他们之间的不和，但周围的人多少都察觉一些，因此即使曼德森夫人听到他的声音，也不会去注意她丈夫的出现。所以根据我的假设，我能想象那个男人正在卧室执行他的计划，当听到从隔壁传来迷迷糊糊的声音时，他震惊了，这是所有的声音里他最怕听到的，我也替他倒吸一口凉气。

曼德森夫人出庭时表示，她完全不记得自己当时说了什么，她想问这个所谓的丈夫兜风是否愉快。然后这个神秘人会怎么做呢？这里，我们来到了非常关键的一幕，他僵硬地站在原地，我想就在梳妆台前，听着自己怦怦的心跳。然后他不仅模仿了曼德森的声音回答，还自行添加了一段说明。他告诉她是一时兴起，临时派马洛去南安普顿找一个人，带回重要的消息，那个人即将在早上坐船前往巴黎。为何一个许久都不和妻子交流的人，会提到那么具体却又不让对方感兴趣的事情？又为什么要提到和马洛有关呢？

我的故事就说到这里。现在，我要提出如下明确的看法：就在十点左右，在某个地方，有一辆车发动了；在临近十一点的时候，曼德森遭到枪击，可能离屋子有一段距离，因为没有人听到枪声。然后尸体就被挪回小屋旁边，被剥去了外衣。到了十一点左右，一个假扮曼德森的男人，穿着他的鞋子和外套，戴着他的帽子，从书房的窗户进入房间。他手里拿着从曼德森身上脱下的长裤、背心、外套，还有从他嘴里摘下的假牙，以及刚才使用的武器。将这些东西藏好之后，便摇铃传唤男佣。他坐在电话前，戴着帽子，背对着门。当马丁进入房间时，这个人正在忙着打电话。然后他走上卧室那一楼，静悄悄地进入马洛的房间，放下行凶的武器——也就是马洛的枪——把它放回壁炉上的盒子内。于是，他走回曼德森的房间把他的鞋子放在门外，把衣服放在椅子上，把假牙投入床头的玻璃碗，然后从卧室里面挑选了一套衣服、一双皮鞋和一条领带。

好了，我要暂停对这个男人的行动的叙述，然后进入一个蓄势待发的问题：那个冒牌的曼德森是谁？

鉴于我已经掌握的或已经被证实的事实，我总结出以下几点结论：

(1) 他和死者关系密切，因为在同马丁和曼德森夫人的谈话中，没有露出任何马脚。

(2) 他的体形同曼德森差不多，特别是身高和肩宽，对于一个戴着帽子、穿着宽松衣服的人来说，以上两点体现出一个人的主要特征，但是他的脚大于死者。

(3) 他在表演和模仿方面颇有天赋，或许还有相关经验。

(4) 他对这幢房子的各个角落很熟悉。

(5) 他必须让大家以为，曼德森在周日半夜之前还活着，而且待在自己的房间里面。

以上是我确信的事情，即使不是百分之百的准确，也相差无几。下面，我根据上述几点，依次列出我从各种途径所掌握的有关约翰·马洛的信息：

(1) 他担任了曼德森的私人秘书四年之久，两人关系很密切。

（2）两人的身高几乎都是五英尺十一英寸，均属于身形健硕且肩膀宽厚的类型。虽然马洛比曼德森年轻二十岁左右，但是曼德森的身材保养得不错。我检查过马洛的几双鞋子，确实比曼德森的大一些。

（3）在我侦探的第一天下午，当发现上述情况后，我发了一封电报给我一个曾就读于牛津大学的朋友，我记得他热衷于戏剧方面的事。电报内容如下：请传来过去几年有关约翰·马洛大约十年前在牛津大学表演方面的记录，非常紧急，需保密。第二天，即开庭那天，我的朋友回复如下：马洛曾是牛津大学戏剧社社员和第十九届社长，非常擅长扮演和模仿，经常应邀表演。我会发出这封电报是因为我曾经在马洛房间内的壁炉上，看到他和另外两位同伴扮演《风流寡妇》的一幕，背后还有牛津照相馆的印记。

（4）在为曼德森工作的时段里，马洛就像家里的一分子。和其他用人不同，他有机会了解到曼德森和他妻子生活中的细节。

（5）我确信马洛曾经在星期一早上六点半抵达南安普顿的一家旅馆，在那里执行任务。根据他的说法，和冒牌曼德森的说辞，此行是奉曼德森本人之命。然后他开车回到马尔斯多，当他听闻这件命案之时，表现得非常震惊和惊慌。

以上就是有关马洛的事实，现在我们必须仔细研究这五项，在它们和假曼德森的五项特征之间寻找联系。

首先，我要提醒你注意一件事情，唯一宣称在开车出发前听到曼德森提到南安普顿的人就是马洛。他的说法——部分被男佣听到，这是他们出发前非常隐秘的一段对话。当我询问他为何曼德森要隐瞒实情，对别人谎称他和马洛要开车夜游时，他没有作答。这一点并没有引起太大注意，因为马洛有充分的证据，证明在六点半以前他抵达了南安普顿，所以没有人把他和被认为于十二点半以后发生的命案联系在一起。曼德森开车回来后曾对两个人提起南安普敦，他甚至打电话到南安普敦的旅馆，在电话中还提到马洛此次的行程这件事，这通电话被马丁听见。

现在让我们想想马洛的不在场证明。假如曼德森那一晚待在房间，直到十二点半后才离开，马洛是没有机会直接对他下手的。重点在于马尔斯多和南安普顿之间的距离，假设他在十点左右开车出发，很容易就能准时到达，可对于一辆十五马力四轮的车子，要在六点半之前赶到南安普顿，除非在午夜之前就离开马尔斯多，否则是不可能按时到达的。那些根据地图来估算时间的驾驶员，都会同意马洛的说法，在这种情况下，他像是没有任何可能作案。但是假使曼德森在十一点之前死亡，而且就在那段时间内，马洛冒充他进入屋内，然后再潜入他的房间，这些事情如何同他第二天出现在南安普顿不互相冲突呢？那他必须在不被察觉的情况下离开房间，并在午夜前开车去往南安普敦。听觉灵敏的男仆马丁，当时一直储藏室里等着，开着门以防有人来电。实际上，他站在楼梯口守着，那是卧室通往底楼的唯一通道。

针对这个难题，让我们来看看调查中最关键的一点。前面所提到的事实，都在我的脑子里面，利用开庭前一天，我和很多人交谈，重新回到我的假设，逐条论证。我发现有一个漏洞，这好像与马丁一直等电话到十二点半有关。既然他受到指示这样做也是作案计划的一部分，意在证实马洛不在犯罪现场，那么我想这一定还有别的解释，如果我找不到，我的推理就是根本不成立了。我必须证明，当马丁上床睡觉时，那个本来躲在曼德森房间里的人早已上路了。

无论如何，我有一个好主意，也许这篇报道的读者也与我不谋而合。冒牌的曼德森是如何能在午夜前离开，是一个人为的巧妙计谋，但是我不想现在就公布我的计划。如果我正在进行的测试被人发现，我担心会打草惊蛇。我打算第二天再执行我的计划，也就是当大家都在法庭时，我可以一个人对白色山形庄园好好调查一番。

就这样，当审讯在酒店进行时，我在白色山形庄园努力工作，我带了一台照相机，开始搜索。我依照警察的工作方法和原则，就不赘述搜查经过了，现在直接公布结果：我采集了两个很新的指纹，并拍下了它们，很大且很清楚。一个在曼德森卧室衣柜的最上方那个上过漆的抽屉右手边，另一个在曼德森夫人房内落地窗的玻璃上，窗户晚上一直开着，不过窗帘是拉上的。我还在曼德森放假牙的玻璃碗上，采集到了两枚指纹。我把玻璃碗从屋子里带出来，还从马洛房内取走了一些卫生用品，因为上面的指纹最清楚。我从自己的日记本上撕下两页纸，在我面前让他留下指印，但是他不知道我的用意。我把那两页纸拿给他看，问他是否认得，当他拿过去的时候，他的指纹已经清楚地印在上面，事后我就可以把它们采集下来。

就在当晚六点左右，也就是陪审团宣读完罪犯面临的制裁后的两小时后，我完成了我的工作。我可以证实，落地窗上的两枚指纹和玻璃碗上的两枚指纹均来自马洛的左手，窗户上的另外三枚和抽屉上的两枚属于他的右手。

到八点的时候，在主教桥的一位摄影师的协助之下，我拿到了十二张放大之后的马洛的指纹。很明显的，留在日记纸上的、从他房间里采集的，以及我发现的那些指纹，都是同一个人的。由此可以证明，马洛曾到过曼德森的房间，他也到过曼德森夫人的房间，他并没有理由到夫人的房间去。我希望在这篇报道刊登时，能重新印制这些指纹。

在即将结束的时候，我想进一步提出几点：在案发当天晚上，假曼德森对曼德森夫人提到，马洛已经在前往南安普敦的路上了，他也对马丁说了同样的话。他在房内部署完一切之后，把灯关掉，穿着自己的衣服躺在曼德森的床上，一直等到确定曼德森夫人已经差不多睡着了才偷偷爬起来。他脚上穿着袜子,腋下夹着一堆死者的衣服和鞋子,然后悄悄地穿过曼德森夫人的房间,站到窗子后面,用手把窗户推开,跨过阳台的栏杆,身体慢慢下滑,接着一跃跳到柔软的草地上。

根据马丁提供的说辞,他在十一点半回了房间。也就是说,在半个小时之内,马洛完成了所有的事。

接下来的部分就留给读者和警方自行猜测吧。尸体在第二天早上被发现时,是穿着衣服的,但不够整齐。马洛到南安普敦的时间是六点半。

我在马尔斯多的宾馆房间内完成了这一份手稿,现在是凌晨四点,我即将在中午前往主教桥搭乘去伦敦的火车。达到之后,我将立刻把这份手稿交至你手中,请您一定要和警方讨论其中的内容。

菲利普·特伦特

不堪的岁月

"我把曼德森案的所得支票还给你，"特伦特在慕尼黑写信给詹姆斯·莫洛伊爵士，当他把一篇结局不甚精彩的报道送到《纪录报》后，便立刻前往慕尼黑，"我所给你的东西还不值这个数目的十分之一，不要问我是什么原因让我不想去碰任何有关这件案子所得报酬，如果不是因为难以启齿的原因，我会毫不犹豫地收下。如果你不反对，我希望你可以把它捐给那些从不虐待人的慈善机构。我来这里是为了见几个老朋友，整理一下我的思绪。首先就是想做一些事充实自己，我发现自己无法提笔作画了，一根栏杆也画不出来。你能否把我当作一个驻外通讯员对待？如果你能够分派我去做冒险的差事，我将会给你带来很棒的报道，然后我可以继续安定下来。"

这是一项动荡不定的任务，但有两个月的时间。特伦特还是幸运的。这项工作的顺手程度并不逊于往常。他是唯一一个见到德吉露将军在沃玛街头被一个十八岁的女孩杀害的记者，他目睹了纵火、私刑、绞刑和枪林弹雨等种种残酷的镜头，每一天，他的灵魂都在深深厌恶那些因暴政而带来的愚蠢行径。多少个夜晚，他处于危险之中，然而那个让他无可救药爱上的女人的面容却每日每夜都浮现在眼前。

他发现自己的迷恋中带有一种苦涩的骄傲，这种现象激起了他的兴趣，这既使他惊讶，又让他开了窍。在一个男人的成长过程中，他从未经历过这般感受，三十二岁的他，无法对感情世界不闻不问。他所学到的知识，让他不再有所追求，也不曾留下不堪的回忆。但是男欢女爱对于他来说，是那么莫测高深。在他的一生中，对女性的柔弱有一种特别的眷顾和怜悯，但对于女人身上强势的特质，他又感到畏惧。一直以来，他坚持相信，自己心里所保留的那份感情会在命运恰当的时候自然流露，而无须刻意寻找。他对梅布尔·曼德森的感情来得那么突然，一发不可收拾。以往他会嘲笑这种孩子气的迷恋，现在他知道自己错了，他陷入了痛苦的挣扎。

当第一次在岩壁上看到她时，他就被深深吸引了。然而，当他看到对方如此享受摆脱束缚成为寡妇的日子时，他感到非常难受，同时一种强烈的预感在心中盘旋，她的快乐之源一定是另一个男人。在他推理的过程中，那个人的名字隐约地浮现在脑海。他相信，第一次见到马洛时，就已经埋下了伏笔。他很自然地就注意到这个高个子的男人拥有强健的身形和优雅的外表，翩翩风度足以赢得女士的芳心。一面之缘的印象，加上曼德森夫妇的婚姻冲突，特伦特不知不觉中已经将两者联系在一起。当他确认凶手的身份之后，便开始思索作案动机。动机，动机！他绝望地不断寻找另一个答案，用来推翻那个残酷的想法：马洛——也像他一样在热恋的驱使下，为那个妻子的不幸打抱不平。但是，在他调查的过程和事后的回顾中，并没有找到促使马洛这么做的原因——除了诱惑——他所无法解释的力量。他相信自己的直觉，这个年轻人并没有发疯，也非天性残暴。谁知道呢！为了一个女人而犯罪并不罕见，但这并不能解除他的罪责。他成千上万次地分析，想要排除梅布尔事先知道有人要谋杀她丈夫的可能。他毫不怀疑，事发之后，她已经知道所有真相。他永远也忘不了那一幕，当他问及马洛和此案是否有关时，她在他面前完全崩溃了。他本来还在想，这两人之间不存在什么爱情，但随着案情的展开，他的希望彻底破灭了。当她读完他留下的手稿之后，也将完全明白这一切。当然，怀疑的焦点依然不会落在马洛身上，她一定会把那封手稿销毁，然后会保守这个威胁到她爱人的秘密。

特伦特想到更可怕的还有一种可能是,也许她早就知道这场命案正在酝酿之中,却保持沉默不说。她是不是知道这个计划,却暗中装作不知道呢?他忘不了第一次要探查马洛的作案动机,正是因为得知马洛是经由女主人的卧室逃走的,那她是否会是共犯呢?还有更疯狂的念头:或许她是一只残酷的猫,在爱与恨的交织中,在她的唆使下——甚至成了案件的主谋。一种热恋的歇斯底里,一种热情的煽动力量,他想也许情感正是这桩阴谋的精神支柱。

然后他见到了她,和她交谈,还在她无助的时候伸出援手。他见过她的双眸和嘴唇,闻到她身上的味道,他自认是那种可以辨认邪恶气息的人。然而,从她的身上,他由衷感知到对方是一个拥有真善美的人,即使那天在岩壁上表现出解脱的神情也无损于这种感觉。他相信她是因为无助空虚,才转向马洛身上寻求补偿,而不相信她会知道马洛的可怕预谋。

无论昼夜,这些疑问都反复萦绕着他,他总是一次次想起马洛在死者房间,几乎是在她面前做好一切工作,甚至从她卧房的窗户逃离了那间房子。当时,他有没有冒险把实情告诉她?特伦特认为,更有可能的是,他趁她在睡觉的时候偷偷溜走。她在法庭上的表现是那么真诚,特伦特认为那时的她并不知道整个阴谋。他心中对这个想法嗤之以鼻——有没有这样一种可能,在她那完美善良的外表之下,隐藏着一颗阴暗伪善的心？这些念头在他独处的时候，总是跟着他。

六个月后，特伦特完成了詹姆斯爵士派给他的任务，并得到了报酬。他回到了巴黎，在那里愉快地重新投入了工作。他充满了活力，结交了各式朋友，有法国人、英国人、美国人，有艺术家、诗人、记者、政客、酒店老板、军人、律师、商人等各色各样的人。从学生时代起，他就善于和朋友打成一片，因此他交友的范围不局限于英国贵族。他被接纳为青年会的会员，发现那里的青年人就像十年前的他那样，充满信心地挖掘着艺术和生活的秘密。

有一家法国人，完全视他为家人。他沉迷于年轻的感觉，在这些人身上体现的仍是十年前那一代年轻人的艺术和生活品位。这个法国人家庭像以往他所认识的一样热情地接待他，甚至连家具风格都颇为相像。但这一辈年轻人让他很感慨，他们和上一代完全不同，他们过于空洞无知，不像父辈那样机灵，这些年轻人在学校里学的技艺，也不比从前有趣实用。有一天，他在餐厅遇见一个满脸横肉的男人，虽然那个人看起来被安逸的生活坑害了，但他一眼可以认出对方和自己一样，都是那个时代过来的人。他一直强调自己和另外几个同伴是新诗派的，他们坚持要打破所有的规范，提倡新诗的自由风气。他告诉特伦特，现任的内政部长就是新诗派的，还获得过勋章，他还说法国最需要的是铁腕政策，因为这个国家已经为那些叛国者付出太多代价了，特伦特以前从未听说过这样的论调。他这才意识到，原来是自己变了，这一代年轻人和从前的他们并没有什么不同，除了昂扬的精神，他说不出究竟失去了什么重要的东西，简单说来，也许就是傲气吧。

在六月的一个早上，当他下坡时看见了一个似曾相识的人影。他迅速打量了那个人一眼，没想到竟然是邦纳先生，原以为被忙碌的工作治愈的伤口，太过思念那个女人而导致的痛苦再次被揭开。但是，这段笔直狭窄的街道无处可藏，对方立刻看到他了。邦纳亲切友好的表现让他觉得羞愧，其实他挺喜欢这个年轻小伙子。他们一起用餐，邦纳不停地说话，特伦特带着愉快的心情在一旁仔细聆听着。他喜欢听邦纳说话，他时常会有语出惊人的意见。

邦纳目前住在巴黎，是曼德森公司在欧洲的主要经理人，他对这个职位十分满意。他花了二十分钟谈论自己的工作，好不容易终于结束了这个话题。然后，特伦特提到自己离开英国已有一年多。邦纳告诉他，马洛在曼德森死后没有多久就离开了，去他父亲的企业工作，现在状况不错，已经逐渐胜任岗位，他们一直保持密切联系，还计划夏天一起度假。邦纳很欣赏这位朋友。"马洛天生就是干大事的人，"他称，"如果他积累了丰富的经验，我可不想同他竞争，否则他会处处束缚我的。"

当这个美国人滔滔不绝的时候，特伦特的心跳却渐渐加速。看来他的假设出错了，邦纳怎么没有提到重点呢？邦纳说，马洛准备和一个爱尔兰女人结婚，他认为那个女子很迷人。听到这里，特伦特的心七上八下，他的手在桌子下面紧紧攥着，终于，他稳定了情绪，对邦纳先生提了些问题，邦纳先生并不是很清楚整体情况。据他所知，曼德森夫人在料理完丈夫的后事以后，就离开了英国去意大利住了一段时间，不久后又回到伦敦，但是她不想在五月高级公寓住，而是在汉普斯区买了一栋小房子，她在郊区也有一套小屋子，最近很少出入社交圈了。

"那些钱等着有人花掉呢！"邦纳先生惆怅地说，"她有用不完的钱，但是她什么也不做，那个老家伙留下了一半的财产给她，在这个世界上，她可以随心所欲做任何事情。她也是我见过最好的女人，但是看来她完全不知道应该如何去享用那笔钱。"邦纳自言自语起来。此刻的特伦特思绪如麻，一直在想别的事情，然后他以公事为由，和邦纳告辞了。

半小时后，特伦特回到了自己的小公寓，机械且迅速地开始整理物品，他急切地想知道发生了什么事，他必须找出原因。但是他心里清楚，自己无法靠近她了，自从上次让她那么难堪之后，他再也无法面对她了，但无论如何，他必须弄清楚究竟是怎么回事……库伯勒在伦敦，马洛也在那里……此刻，他开始对巴黎感到厌倦。他痛苦地诅咒自己：真是个一无是处的傻瓜!

在二十四小时内，他对巴黎的喜爱荡然无存，现在的他正站在英国德芙港的城堡墙边眺望。他的直觉在翻滚的思路中找出了一个线索。当他刚开始行动，就受到了阻碍，他本来决定先去见库伯勒先生，他认为这位老朋友能够提供给他比邦纳更多的信息，但是库伯勒外出旅行了，一个月之内都不会回来，特伦特想不出任何理由让他回来。至于马洛，他不想见到这个年轻人，他警告自己，不要傻到去找曼德森夫人在汉普斯的住所，那是他不可能踏入的地方。一想到自己若被她暗中看到，他就觉得脸上发烫。

他在一家旅馆租了一间房，在库伯勒回来之前，他设法让自己沉迷于工作，可一切努力都是枉然。就在这周快要结束时，他想到了一个令人兴奋的念头。他记得他们最后一次碰面时，她曾提到对音乐的热爱，于是他知道了自己接下来该怎么做，从那晚开始，特伦特经常光顾剧院，想着可能会遇见她。虽然他小心翼翼，怕被她看见。或许，他们谁都没有注意到对方的出现，毕竟谁都能去歌剧院。他每晚都去，目光迅速地在群众中搜寻。然而一次又一次，她并不在其中，他只好怅然若失地离开。渐渐地，在寻找过程中引起的一种罪恶的快感，伴随着一种满足，因为他本身是那么喜欢音乐，音乐的魔力让他感受到内心的宁静。

每晚他都进入歌剧院,迅速穿过人群,突然觉得手臂被人碰了一下。他断定就是她!在一袭晚装的映衬下,她是多么迷人,没有哀伤或者忧愁。他顿时觉得说不来话,呼吸局促。当她看着他时,脸上也露出了光彩。她的话很少。"我从来不会错过特里斯坦,"她接着说道,"你一定也是如此。中场的时候来找我吧。"她把包厢号码告诉了他。

大爆发

接下来的两个月，特伦特度过了一生中最起伏的日子。其间，他同曼德森夫人见了六次面，每次她都是把握得当的尺寸，既冷静又亲密，让他几乎要疯了。他到包厢找到她的时候，令他颇为意外的是包厢内还有一位活泼的女士在场，这是他从小就认识的华莱士夫人。曼德森夫人从意大利回来之后，开始融入了一个适合自己的社交圈子。她介绍说，她是在这些人的狩猎区里搭下帐篷时才认识他们的。这次会面他都不是自己了，心神不宁、脸颊发烫，像一个白痴一样啰唆地叙述在波罗的海的探险，而且他发现自己几乎只对着华莱士夫人一个人说话。当他来到包厢时，曼德森夫人已经不像刚才在歌剧院的门厅时那么激动了。她愉悦地和他聊起她的旅行经历、在伦敦定居的情况和他们共同认识的一些人的近况。

在歌剧下半场，他就留在包厢里继续欣赏表演，虽然就坐在她们后面，可是什么也听不进去，他的眼里只有她的轮廓、她的秀发、放在靠垫上的那只纤纤玉手。她那头黑色的头发宛如一片茂密的森林，引诱着他进入一场冒险。演出结束后，他的心已经完全被征服，之后很有礼貌地同她们告别。

他和她第二次见面是在乡下的一栋别墅里，他们两个都是被邀请来的客人。之后的几次，都是他刻意安排的相逢，他尽量迎合她的习惯，主动创造机会。他认为自己处于迷乱和自责的海洋，她那毫不在意的态度让他感到无措。她已经看过那份手稿，而且对于上次提出的问题，她一定很明白他原本的用意。既然这样，为什么她还对自己那么亲切坦诚呢？就像她对待其他没有伤害过她的人那样友善。

他的直觉告诉他，虽然她外在态度同往常没什么两样，但内心的伤害已经形成。有那么几次，他感觉她好像有意提起这件事，然而每次他都出于本能畏惧地岔开了话题。他想到了两个办法可以解决这个问题：第一个办法，当他在伦敦完成任务之后，就远离这里，过大的压力让他心力交瘁，已经不想再去挖掘真相。他需要的是信心，曾经一度犯下大错，误会了她的眼泪，自己则成了一个可笑的傻瓜，他现在再也无心调查马洛的作案动机了。当库伯勒回到伦敦后,特伦特什么也没有向他提起。他现在醒悟,库伯勒当初强调的没错——"只要她认为自己和他的关系依然紧密,世界上没有人能够说服得了她。"他们在库伯勒于大木屋举办的一个晚宴上再次相遇,那晚他大部分时间都同一位来自柏林的考古学教授谈话。

他的第二个方法是——不和她独处。

但是几天以后,她写信给他,邀请他第二天下午去找她。这次特伦特没有试图逃避,这是一次正面挑战。

沏完茶之后,她轻松自然地同他闲聊。特伦特只是随意地谈些近期发生的事情,希望能绕开自己担心的话题。此时的她谈笑自若,自从在歌剧院和她重逢以来,她经常露出这样的笑容。他不禁联想起一句形容布鲁斯维克公主的话——她销魂的唇散发着千种风情,足以触及人的灵魂深处。她带着他浏览了房间,向他一一介绍自己是如何发现这些摆设的,以及讨价还价的经过,脸上始终带着灿烂的笑容。当他问她是否能够为他再弹奏一次自己最钟爱的乐曲时,她立马答应了。

她的琴技炉火纯青,深深触动了他。"你天生是一个音乐家。"当她按下最后一个音符时候,他安静地说,"未闻琴声之前我就知道了,我就知道是这样了。"

"自从我有记忆起,我就经常弹琴,它让我陶醉其中,"她简单地回答，然后半转身向他报以微笑，"你什么时候开始探求起我的音乐来了？哦，当然，因为我去歌剧院了，但是这并不能说明什么，不是吗？"

"嗯，"他还沉醉在刚才的音符中，心不在焉地回答，"我第一次见到你时，我想就已经知道了。"当他意识到自己刚说出的话，全身顿时僵硬起来，这是第一次他谈到了过去。

两个人沉默了一会儿。曼德森夫人看看他，便迅速将目光移到别处。她的脸颊开始泛红，双唇紧闭，然后挺直了肩膀。根据特伦特的记忆，这是她自我防卫时的表现。她突然从钢琴前站起来，坐在他对面的沙发上。

"你刚才所说的，"她慢条斯理地发话，低头看着鞋尖，"也是我一直想说的。特伦特先生，从那天你离开屋子后，我就一直告诉自己，我不在乎对于那件事情你是怎么看待我的。当你告诉我为什么要隐瞒你的手稿之后，我想你不会是那种四处宣扬对我的想法的人。我对自己说，这并不是什么要紧的事情。但是，这非常要紧，因为你的想法是错误的。"她抬起双眼冷静地望着他，特伦特面无表情地回看。

"自从认识了你之后，"他说，"我已经不再想那件事了。"

"谢谢你，"曼德森夫人说，脸突然变红，同时玩弄着手套，"但是，我想让你知道真相究竟是什么。"

"我不知道自己是否能够再次见到你，"她低声说，"但是如果我们再度见面，我必须告诉你这件事。我想那并不难，你是一个善解人意的人。而且，与其同一个未婚女子谈论这件事，和一个已婚女人谈论这个话题不会那么难以启齿。但是当我们再度重逢时，我却发现很难提起它，因为是你的缘故。"

"怎么会？"他平静地问。

"我不知道，"她说，"但是……是的，我知道了，因为你对我的态度，好像你从来没有那样想过我一样，我一直以为，如果你再遇见我，一定不会给我好脸色看，就像上一次在你问我最后一个问题的表情——你还记得吗——就是在白色山形庄园的时候。但是，你对我的态度就像对一般熟识的人一样，你只是……"她摊开了手，"只是对我很友善，你知道那次我们在歌剧院相遇之后，我怀疑你是否真的认出了我，我的意思是，你也许认得我的脸，但是想不起来这个人究竟是谁了。"

特伦特发出一阵短暂的笑声，不过他一个字也没说。

她有深意地微笑着说："好吧，我已经不记得你是不是叫出了我的名字，总之我当时确实这么以为。但是第二次在艾瑞顿家碰面时，你喊出了我的名字，因此我知道你认得我。在那几天里，很多次我都尝试同你谈话，可是都没能达成。我开始觉得，是你故意不给我机会说，每次我稍微提及那件事情你就岔开话题。请你告诉我，是这样吗？"

他点点头。"可是，为什么呢？"这下，他沉默了。

"好吧，"她说，"我必须把话说完，同样我也希望，你也能告诉我为什么会闹得那么僵。当我发现你故意这么做时，我更坚定地要把事情说清楚，要知道，即使你不愿意谈到它，我还是下决心说。若真像你所想的，我有罪的话，我就不会这么做了。当你走进我的客厅，没有想过我敢这么说吧，不过你现在知道了。"

曼德森夫人抛开一切顾忌，犹豫不决的神情一扫而光。当她想要说清楚一件事时，是那么有声有色，而且是澄清一个让她困扰已久的误会。

"我要告诉你，你在这件事上所犯的错，"她继续说道，特伦特的双手在膝盖间紧握，不解地望着她，"特伦特先生，你必须相信，它完全是真实的，其中隐藏的动机和目的不会让人起任何疑心。希望你明白，我并不是责怪你妄下定论，我永远都不会因此而怪你，你对我的伤害已是事实，不过我还是执意试着去解释。我告诉过你，由于我无法在社交圈里游刃有余，他对我感到很失望。没错，这是事实，可我发现到你并不相信。我知道有多么不合常理，但你心里一定在质疑。没错，我的丈夫很妒忌马洛先生，你看穿了这点。

"当你让我知道你已经看穿之后，我还像一个傻瓜一样。当我以为所有的压力和耻辱最终会随着他的去世而消失时，却深深被你的问题打击到了。你那么直白地问我，我丈夫的秘书是否就是我的情人。特伦特先生，我现在要你知道为什么我当场会崩溃。我当时的反应让你认为我招供了，你甚至还认为我参与了犯罪，这的确伤害了我。我不知道为何会这样，也许你当时想不出其他的理由来解释这一切了，也许你还有其他推论。"

特伦特的目光一刻也没有离开她，一直保持着同一个姿势。听到这些话，他把头低下了。她继续说："我当时会反应那么激烈，是因为你的所作所为让我很受挫，让我非常难堪，那些疯狂的质疑和痛苦的回忆再度袭来，可当我情绪平复时，你已经离开了。"

她起身走向窗边的写字桌，打开一个抽屉，取出一个长信封。

"这是你留下的手稿，"她说，"我读了一遍又一遍。同其他人一样，感叹于你的智慧。"她打趣地说道，"写得真是好极了，特伦特先生，我完全被它吸引了，几乎让我忘了这是我自己的故事。现在，当我拿着这封信，我对你的仁慈表示感激。为了挽回一个女子的名誉，你宁可牺牲自己的成就。如果一切都如你所想的那样，在警方接管这件案子之前，事实已被揭发了。相信我，我能理解你所做的，尽管你把我列入了怀疑对象，但我对你真的心存感激。"

她用微微颤抖的声音感激对方，眼睛也明亮起来。特伦特并没有察觉这一变化，他依然低着头，好像完全没有听见。她把信封交到他手中，他双手在膝盖上摊开，那么温柔的接触，让他抬起了头。

"你能不能……"他缓慢地说。

她站在他面前，举起手。"不，特伦特先生，先让我把话说完。对我而言，打破沉默是一种解脱，趁我现在还有勇气，请让我把事情说完。"她坐在先前的那张沙发上，"我要告诉你一件其他人都不知道的事，我想虽然我尽可能去掩饰，但每个人或多或少都知道我和我丈夫之间的一些事情。可是，没有人能猜到我丈夫心里究竟是怎么想的，因为他的想法太可笑了，让我来告诉你。马洛先生来了之后，我们一直保持友好的关系，因为他相当聪明——我丈夫说马洛是他所见过的最精明的人——实际上，我把马洛当作孩子看待。你知道，我比他年长一些，而且他不是那种有野心的人，这让我更觉得他亲切。有一次，我丈夫问我最欣赏马洛什么，我说：'他的风度。'可是他曲解我的意思了，沉默片刻后，他说：'嗯，马洛是一位绅士，的确如此。'他当时看都不看我一眼。

"之后我们没有再提起这件事，直到一年前，马洛爱上了一个美国女孩。但让我并不认同的是，他的对象是那种不值一提的女孩，家里很富有，从小娇生惯养，很漂亮并且受过良好教育，还擅长运动，她似乎只在乎自己的喜好。她是我见过的最放纵的女子，人相当聪明。每个人都知道，马洛应该也略有耳闻，她把他玩弄于股掌之间，只是想和他玩玩罢了，我在一旁看着非常愤怒。有一次，我陪马洛去我们屋子附近的乔治湖划船，我们从来没有机会单独相处那么久的时间，在船上我婉转地说了我的看法，他很配合地听着，但是他一点也不相信我的话，还冒失地说是我误会爱丽丝。我暗示他对自己的境况一无所知——他说只要她爱他，那么他就会争取在社会上立足。我敢说，他说的是真心话，凭马洛的能力和人脉——他非常受欢迎，人际关系绝佳，但不久他的愿望就破灭了。

"回程的时候，我丈夫从船上扶我下来，一边还和马洛有说有笑的。记得当时，他对马洛的态度和往常并没有什么两样，所以过了很久我才了解他心里对我和马洛之间有什么想法。当晚他对我很客气，当时他的话很少，并没有生气，他对我一向都很冷漠，不太把内心想法告诉我。吃过晚饭后，他只和我说过一次话。马洛和他商讨为肯塔基农场买马的事宜。我丈夫听完，对着我说：'或许他是个绅士，但在马匹交易方面，他完成得不太出色。'我听了很惊讶，不过即便是下一次被他看见我同马洛在一起时，我仍旧不知道他是怎么想的。后来某个早晨，马洛收到那个女孩寄来的一封可爱短小的信，爱丽丝告诉他自己订婚了，希望得到马洛的祝福。当时我们在纽约的家中，他神情憔悴，像生病一样。于是我去他房里问候他，他什么也没说，把那封信给我看，然后扭头望向窗外。我很高兴一切终于结束了，当然也为他难过。我不记得当时说了什么，我只记得当他望着窗外的花园时，我把手搭在他的手臂上。就在那时,我丈夫正拿着一叠报纸进门,他只看了我们一眼,很快边转身回到他的书房去了。起初我以为他听见我正在安慰马洛,才识趣地离开,马洛则根本没有意识到他的经过。就在那天早上,我丈夫在我外出的时候去往西岸,我依然不理解他心里究竟在想什么,他随时都可能为了公事需要突然离开。

"一个星期后,他回来了,我才渐渐看出了端倪。见到他的第一面,我非常惊讶,他看起来面色苍白而且态度奇怪,开口就问我马洛去哪里了,他的口气冷得让我说不出话来,我瞬间明白了一切,当时我确实有点恼羞成怒。你知道,如果有人认为我会为了第三人公然与我丈夫决裂,我毫不在乎,我敢说我很可能做出这种事情,但他那么草率地猜忌一个他长期信任的男人,让我觉得有点恐怖。我的自尊心驱使我对自己发誓,绝不做任何反驳,我的表现像平日一样,我决定撑到最后关头。我知道我们之间有一道永远打破不了的隔阂——即使他请求我原谅,并且我也答应了的话——心里的阴影仍然会存在。

"我一直假装没注意到我们之间的变化,于是这种情形就一直持续下去。那段时间让我备受折磨,当我和我丈夫独处时,他总是沉默寡言,虽然他从来不表达心里的想法,可我依然可以感觉到他的不满。他也知道我能感知,我们两人的本性都非常固执,只是表现方式不同。他对马洛的态度倒是比以前更友善——天知道为什么。我曾设想过他正在谋划报复,可那只是我的猜想而已。马洛并不知道自己被牵扯了进来,我们依然维持友好的关系。不过从那一次他绝望之后,我们也没有交流过什么私密话题了,我不认为自己应当减少和马洛见面的次数。然后,我们就去了白色山形庄园度假,紧接着我丈夫就发生了不幸的事情。"

她摊开右手,表示故事讲完了。"其余的事你都知道了,你知道的比任何人都要多。"她补充道,并意味深长地看了他一眼。

特伦特觉得她的眼神有点令人费解,但很快便打消了这个念头。此刻的他心中充满了感激之情,他脸上又恢复了神采。当他们重逢之后,他就怀疑自己之前的判断是错误的,在她还没有说完时,他就已经相信她了,事态正向好的方向发展。

他说:"我真的不知道该如何开口向你道歉。我必须这么做。我知道自己曾经做的猜测是那么邪恶,我有羞耻和惭愧的感觉。是的,我确实……怀疑过你!当我独自一个人的时候,经常会想起自己做的这件蠢事,我曾试图找寻各种理由为自己开脱。"

她随即打断了他:"别这么说!特伦特先生,你是一个明智的人。你做出判断之前,才见过我两次。"她脸上再次浮现出莫名的表情,瞬间又消失了,"如果你对我做了全面的分析,却因为只见了我两次就彻底打消了指正我的念头,并宣称我是无辜的,对于像你这样的男人而言,这才是愚蠢的做法。"

"你所说的'像我这样的男人'是什么意思？"他追问，"你以为我连正常的直觉都没有了吗？我并不是说你给人的印象很单纯——正如邦纳先生所形容的，一件透明的艺术品——我也并不是说一个陌生人就能断然肯定你没有邪恶之念。但是我敢说，一个男人在见过你两次，依然把你的气质同罪恶行为联系在一起的话，那么他绝对是个傻瓜——是那种不敢面对自己感觉的傻瓜。至于为什么我一直拒绝谈及这个话题，你说得没错，我一直拒绝提及自己的过失，我试图用我的行动向你表明，一切就像从未发生过一样，我希望我们不必提起，就能获得你的谅解，我真的很难宽恕自己。你知道……"他停顿了一下，然后轻声试探，"那么，你接受我的道歉吗？我是发自内心的……绝对没有装模作样。"他的话断断续续，听上去欲言又止。

曼德森夫人大笑起来，她的笑声让他忘掉了一切不快。他数次想做些什么讨她关心，只为了听到这般笑声。

"我倒喜欢看你装模作样。"她说，"那个懊恼不已、气急败坏的你，让我觉得很好笑。瞧！我们不是都笑了吗？这是个好的结局，我们的噩梦终于完结了，现在一切都过去了，以后再也不要提起它了。"

"我也希望如此，"特伦特由衷地感到解脱了，"如果你真的如此宽容，我不会做作地请求你的重罚。现在，曼德森夫人，我想我必须先离开了，主题转换之后，其余的事情就像捉迷藏一样轻松了。"说着他站了起来。

"你说的没错,"她说,"噢不!请等一下,还有一件事——部分和那件事有关。既然我们已经谈到它了,就应该把所有的线索集中在一起考虑,请你先坐下,"她从桌上拿起了那个装有手稿的信封,"我想继续同你讨论这件事。"

他微微俯下身子,疑惑着看着她。"如果你想这样,我愿意,"他慢慢地说,"我很想知道一件事。"

"说来听听。"

"因为这一切都出于我个人的猜想,我想我会隐瞒这件事情的。那为什么你没有多加利用这份手稿呢?当我得知可能误解你了以后,我曾猜想你是否会采取行动,因为不想眼看一个男子被判刑,无论他做过什么。还有一个可能,我想你恰好知道一些事情,可以解释马洛的做法,或者你担心不得不在众人瞩目下和这件谋杀案扯上关系。在这种类型的案子中,很多证人被迫提供一些证据,他们都担心名誉因此受到损害。"

曼德森夫人用信封轻碰自己的嘴唇,脸上掩饰不住笑意。"难道你没有其他假设了吗?特伦特先生。"

"没有了。"他一脸迷惑。

"我的意思是说,有没有可能你对马洛的看法其实是完全错误的呢？噢，不，你不必告诉我证据已经搜集完毕。但是那些证据说明得了什么呢？只不过证明那一晚马洛曾经假冒了我丈夫，然后从我经由我的卧室窗户逃走，制造不在场的证明罢了。我反复读过你的手稿，特伦特先生，我对此毫不怀疑。"

特伦特凝视着她，接下来是短暂的冷场。曼德森夫人专注地抚平裙子上的褶皱，陷入了沉思。

"我之所以没有借用你的发现，"她终于开口，"是因为对我来说，这些事情对马洛造成的伤害将是致命的。"

"我同意。"特伦特平淡地说。

"另外，"她温柔地看着对方说，"我知道他是无辜的，因此没有必要暴露他，让他陷入危险之中。"

又是一阵沉寂，特伦特挠着下巴，举棋不定。一方面，一个微弱的声音告诉自己她说的没错，他喜欢女性化的她；然而，另一方面，她对一个朋友所表现出的义气超越了理智，这点让他有点不悦。他宁愿她的语气不要那么肯定地信任马洛，她所强调的"我知道"显得很缺乏依据。他暗自告诉自己，这一点也不像她的作风。当事实指向人们所不愿意看到的一面发展时，女人就倾向于显现出不理性的一面，曼德森夫人也不能免俗，她只是比其他女人更懂得如何掩饰而已。

"那么，你的意见是——"他终于开口，"马洛策划了一切，他试图制造自己的不在场证明，只是出于情况紧急咯？他为了自我澄清，才采用这样的方法？他告诉过你他是无辜的是吗？"

她不耐烦地笑着说："你认为是他的话打动了我？不，并非如此。我纯粹是认定他不会做出这种事情。啊！我知道你一定觉得太奇怪了。但是，特伦特先生，你真是很不讲道理，你刚才不还诚心向我表示，在见过我两次后，还对我误解的人一定是傻瓜的吗？"特伦特从椅子上弹了起来，她的目光尾随着他，继续说道，"现在，我对马洛先生的了解，比你对我的了解要多，我认识他很多年了。虽然不是无所不知，但是我至少知道他没有犯罪的勇气。他会杀人的概率就像一个可怜的妇人行窃一样小。特伦特先生，你知道吗？我能够想象你杀人……如果对方很可恶，而且你受到他的威胁的话，我本人也可能在某种情况下杀人，但是对马洛我无法想象，不论是任何情形，他的情绪都不会受到干扰，他总是以包容的心态对待人性。不是过度褒奖，他的个性的确如此。我记得在美国的时候，经常会碰到一些让人动怒的情况，譬如有人提到私刑的时候，他在场的话就会静静坐下来，面无表情假装没有听到，但从他的小动作可以发现，他对此不屑一顾。他是个痛恨暴力的人，而在某些方面，他又是一个很强壮的人，我永远猜不透他会做什么。你知道有些人会给人世事难料的感觉，可我从来不曾怀疑他那晚的所作所为，任何认识他的人，都不会认为他会取他人性命。"

她的头微微动了一下，背向后仰靠着沙发，表示话已说完，安静地望着他。

"那么，"特伦特激动地说，"回到之前的两种可能性，如果真的如你所言，那么还有可能他是出于自卫杀人，或是一个意外。"

女士点头说道："我看到你的手稿时，也很自然地想到了。"

"我想我们的想法应该是一致的，无论是这两种情况中的哪一种，他所要做的都是让自己安全，公开站出来陈述事实，而不是做了一系列动作证明自己不在场，否则万一被揭发了，只会加重他的嫌疑。"

"是的，"她听上去有点累，"这点让我想得头都痛了。我甚至想过，作案的是另有其人，他这么做只是为了掩藏真凶的身份。但这听起来不可思议，整件案子毫无线索，我只好搁下不去想。我所要澄清的是，马洛不是杀人犯，但是倘若我把你的发现告诉警方和法庭，他们可不会这么认为。我曾对自己说，如果我们还有机会见面的话，一定要和你好好谈谈，现在终于实现了。"

特伦特托着下巴，盯着地毯。追查凶手的思路已经渐渐形成，他并不完全接受曼德森夫人关于马洛的看法。可是她的态度很坚定，他无法不被影响，事实上他的想法已经开始动摇了。"只有一个办法，"他若有所思地说，"我要见一下马洛本人，否则这件事情会一直困扰我，我一定要查明真相。你能否告诉我，"他话锋一转，"我离开的那几天，他表现怎样？"

"那天以后，我再也没有见过他了，"曼德森夫人简短地回答，"你离开后的几天，我就病倒了，一直没有离开过房间。当我有能力下床时，他已经离开去伦敦了，在那里和律师处理一些事务。他没有出席葬礼，葬礼之后我就出国了。几个星期后，我收到他的来信，信中他提到已经结束了工作，尽力协同律师处理好一切。他对我表示感谢，并和我道别，没有提及他未来的计划。让我感到尤为奇怪的是，他没有提到我丈夫的过世。就我所了解的情况，我无力回信。那几天，只要一想起他乔装成曼德森的样子，我就不寒而栗，我再也不想看到或是听到任何有关他的事情。"

"所以你并不知道他后来的状况？"

"不知道，但我敢说我的舅舅库伯勒先生，你认识他，他应该可以告诉你。不久前，他曾告诉过我，在伦敦遇见过马洛先生，并且和他攀谈过，不过我把话题引入了其他地方。"她停下来，略带淘气地笑着，"我很好奇，依据你的推测，马洛接下来会怎样？"

特伦特脸涨得通红。"你真的想知道？"他说。

"我正在问你啊。"她慢吞吞地说。

"这不等于让我再羞愧一次吗？好吧，夫人。我来告诉你，当我结束旅行回到伦敦时，我以为你会嫁给马洛先生，并移居国外。"

她没有任何动作,然后说:"凭他和我的积蓄,不可能在英国生活得很舒服。"她又若有所思地说,"实际上,他已经一无所有了。"

他一副目瞪口呆的表情。她略显尴尬地笑了。

"天呐!特伦特先生,我说了什么可怕的话了吗?你应当知道,我想每个人都了解,如果我再婚的话,我将失去我先生给我的所有遗产。"

这一番话引起了特伦特的兴趣,他的脸上浮现出意外的表情。当这种情绪退去时,他坐下来,继续进入紧绷的状态。她注意到,他扒着扶手的手指已经泛白,仿佛准备承受巨大的痛苦一般。但他只是用低沉的声音说:"我并不知道有这种事。"

"事实就是如此,"她平静地说道,摆弄着手指上的戒指,"特伦特先生,这确实是一件不同寻常的案子,但我很高兴,因为它让我感到安全而不会成为众人关注的对象。"

"毫无疑问,"他严肃地说,"那么,还有什么让你感到不安呢?"

她不解地看着对方。"哈!"她笑出声来,"其他没什么好担心的。我还从未遇到一个男人,愚蠢到想和一个寡妇结婚,她除了挥霍的习惯和爱好之外,只有父亲留给她的一丁点财产。"

她摇摇头,这彻底击垮了特伦特最后剩余的自持力。

"难道你从来没有……我的天!"他叫喊着,大步流星地走到她跟前,"我会向你表明,人的激情不一定受到金钱的左右。我会把这件案子了结,我要告诉你一些男人都想对你说但不敢说出口的话——他们怕被拒绝——但我不怕。今天下午你已经让我习惯了挫败的感觉。"他大笑着说出了一连串话,然后摊开手,"看着我,这将是一个经典的画面!有一个人正在向你表白他是多么爱你,请求你放弃大笔财产,站到他身边来。"

她用双手遮住了脸,他听到她断断续续地说:"求你……请你别这么说。"

他回应道:"如果在我离开之前,你能让我说完,这对我意义重大。也许听来有点无法接受,但我愿意冒险尝试。我想使我的灵魂得到解脱,我需要袒露心声。自从第一次见到你,我就开始心慌意乱,这是真的。第一次,你完全不知情,当时你坐在马尔斯多的岩石上,对着海洋张开双臂,你的美丽直击人心,阳光、海风和周围的一切连同你的身影在我心中谱出了一曲动听的旋律。当我从旅馆扶着你回家,你挽住了我的手臂,你身上散发出来的巨大魅力将我包围,我永远都忘不了那一幕。到了第二天,我必须带着那些疑问来找你,心中的痛苦其实难以言喻。在我看不到你那甜美的脸蛋的日子里,我的生活是多么苍白,我心中出现了一个疯狂的念头,如果你无法爱上我,我的人生将不会完整,我已经深深迷恋上你的黑发和你磁性的嗓音……"

"噢!拜托你停下吧,"她喊道,她将头发往后一甩,激动得面红,双手紧紧抓住沙发靠垫,她说得很急,呼吸局促,"你真的不该失去理智地和我说这些。这是什么意思?我完全认不出你了——你好像完全变了一个人。我们都不是小孩子了,你说话的样子好像一个初恋的男孩,傻乎乎的,太不真实。我不要再听下去了。你究竟怎么了?"她边说边啜泣,"这些感情用事的话怎么会从你这样的男人口中说出来?你的自制力呢?"

"统统不见了!"特伦特爆发出一阵大笑,"它们此刻全都不见了,一会儿我也会消失。"他严肃认真地看着她的眼睛,"我不在乎这些,在那笔巨额遗产的阴影下我无从表白,它太过沉重了。感情这个东西,总遭受质疑。从某个角度而言,我的懦弱表现在——我害怕你会怎么看待我,不知道全世界会怎么评价我。但是现在,所有的顾虑都烟消云散了,我已经说出口了,我不在乎了。现在我已经能够用一颗平常心来面这一切,我用自己的方式向你诉说我的真心,你可以视其为感情用事或是其他什么,但这绝对不是深奥的科学讲演。如果我的话让你感到烦恼,请你将其忘掉。即使在你看来,它们有点可笑,但是对我来说,句句都是肺腑之言,诚如我刚才所说的,我爱你,尊重你,你是我在这个世界上最亲爱的人。现在你可以把我赶出去了。"

随后,她握住了他的手。

写信

"如果你坚持的话,"特伦特说,"我想你会有你自己的方式。但是我宁可在一个人的时候写它。然而,如果我必须这么做的话,我需要一张白色的桌子,颜色要比星星更白,或是给我一只唱赞美诗的天使的手,我还要一张没有印上你地址的信纸,不要低估我所做的牺牲,我这辈子从来没有像现在这样听候差遣过。"

她给他递来了纸和笔。

"我该说些什么才好?"他询问她,手握着笔,在纸上盘旋,"我应该写些什么呢?"

"写你想写的吧。"曼德森夫人在一旁建议。

他摇着头说:"自过去的二十四小时以来,我想写给每一个我认识的人——'梅布尔和我已经订婚了,希望同各位分享喜悦。'但这并不适合一封正式书信的开头。好了,我从'亲爱的马洛先生开头',那么接下来呢?"

"我寄给你一封手稿,你也许会有兴趣。"她提议。

"你难道没有意识到,"他说,"在这个句子里,只有两个词不是单音词?这封信的目的是引起他的注意,而不是让他放松。我们必须用一些音节丰富一些的词汇。"

"我不明白为什么要这么做,"她答道,"我知道这很常见,但为何呢?我收到很多律师来信或商业书信,总是以'鉴于我们彼此间的联系'或类似的拗口的话语开头。但当我们面对面的时候,他们并不用那种方式说话。这让我觉得很滑稽。"

"但对于他们来说一点也不滑稽,"特伦特轻松地把笔搁到一旁,站起来说,"让我来解释给你听吧。像我们这样的人,不太喜欢多动脑筋,倾向于使用一些简短的字眼,反而无法适应冗长的词,显得可笑而且严肃。例如这个短语'明智的预期'(intelligent anticipation),这样的句子在欧洲根本不会引人注意,但是到了我们这里变成了谚语,当我们在演讲或文章中碰到它时,定会露齿一笑。这是一个很好的表达,为什么?因为它包含了两个长的单词,这种用法再常见不过了。而当我们需要严肃地表达一些意思时，就要改用较长的单词，这叫'不精确的修辞术'。例如，一个律师写信的时候，很有可能这么开头'按照我当事人的意见'，诸如此类的乱语。别笑！这都是事实。现在欧洲大陆的人对自己用词的习惯并不察觉，其导致的结果就是无论是小店主还是农民在日常生活中的用词，在英国人眼中看来都是雅典式。记得不久前，我曾经和一个巴黎的出租车司机在市中心邮局附近的餐馆一同吃饭，周围都是司机或是搬运工。谈话的内容很大众，不过我很惊讶，桌边的人们时常蹦出'独立''诛灭''功能的''难忘的'等词汇，要知道他们只是普通粗俗的出租车司机而已。我必须得提醒你，"特伦特急促地说，"我只是想让我的观点更具象。我并不是认为出租车司机缺乏智慧，纯朴天真的出租汽车司机是甜蜜的！但是，当你打算去寻找国家工业智囊团的组成人员时……你知不知道……"

"噢不，不，不！"曼德森夫人喊道，"我现在什么都不知道，我只想知道如何起草这封信。别跑题了，继续吧！"她把笔递到了他手中。特伦特有点不高兴地看着笔。"我得警告你，不要影响我讲话的兴致"，他沮丧地说，"相信我，不喜欢说话的男人是很难相处的。好吧，我承认我不知道该如何下笔，这封信让我写来很别扭，还要在你的眼皮底下，叫人左右为难。"

曼德森夫人把他带回原来的位置，把他推进椅子。"我知道这很难,但请你试试吧。我想看看你写了什么,我希望他能尽快收到。你看,原本我对现状很满意,可你坚持要找出事情真相。那么现在就着手行动吧——只要你有信心就可以做到——难道你没有一种迫切的渴望尽快将这封信脱手嘛?这样你就不必再为它困扰了。"

"我将如你所愿行事,"他说。他面对信纸,写上了日期和地址。曼德森夫人弯着腰,温柔地注视着他,仿佛要用手去柔顺他微乱的头发。但是她没有接触他。她默默地走向钢琴边,轻声弹奏起来。十分钟之后,特伦特开口说话。

"如果他对这封信不做任何回复的话,怎么办呢?"

曼德森夫人扭过头来说:"他当然不敢这么做,为了防止你告发他,他一定会开口的。"

"可我是不会那么做的。你说过,你决不会答应。而且,就算你同意了,我也不会这么做。这事还有很多疑点。"

"可是,"她笑道,"可怜的马洛先生并不知道你不会揭发他啊,不是吗?"

特伦特叹了口气。"荣誉是多么奇特的东西。"他心不在焉地说,"我知道自己应该做一些事情,而且我应该更果断。当你做这些事情时,会感到很不光彩,就像眼睛被别人打瞎一样。而现在,你却冷静地劝说我直率地使用一些计谋,去吓唬他,就是魔鬼也不会这么干的,不,我不能这么做。"他继续写。身边的这位女士仁慈地笑着,继续弹奏。

几分钟后,特伦特又说:"我最终会对他宽容的。你想不想看看?"她跑过去,打开写字台上的阅读灯,靠在他的肩膀上,读到以下内容:

亲爱的马洛先生,

也许你还记得,去年六月份我们在马尔斯多见过,因为一个不愉快的事件。

当时我有公事在身,为一家报社就曼德森的命案写一份调查报告。我当时确实做了一些侦查,也得出了一些结论,你可以从我附上的手稿中读到。由于某些理由,我并未将它公开发表,也没有和你就此交流过,目前除了我以外,只有两个人知道此事。

看到这里,曼德森太太立即抬眼,她皱着眉头,疑惑地问道:"两个人?"

"另外一个是你的舅舅。昨晚我见到了他,并将整件事情都告诉了他。你有什么意见吗?我从来不对他隐瞒任何事情,一旦有任何新发现,都会让他知道。倘若我保持沉默,他会觉得我太过于神秘。这一切总要澄清的,我对你毫无隐瞒,同时也会让他了解其中原委。他常能提供明智的建议,有他自己的一套。我希望他能和我一起去见马洛,我觉得见面的时候,我这边有一个人陪同更为妥当。"

听罢,她叹气道:"啊,当然,舅舅他应该知道实情,我希望没有别人了。"她用力压着他的手,"但愿这个噩梦能被深埋起来。亲爱的,我现在很开心,但是当你让一切水落石出,你的好奇心得到满足之后,我想我会更加快乐的。"她继续读信。

然而,就在这时,我掌握了一些新的事情,也许会让我改变决定。我的意思并不是说我将公开这份手稿,而是我决定同你见面,并问你一些私密的事情。如果你有任何要说的,能让事情出现新的转机,我想你更没有理由隐瞒。

我期待得到你的回复,告诉我何时何地可以去拜访你。另外,无论在什么样的场合,我希望能够请库伯勒先生也到场,你应该记得他吧,他是看过这份手稿的其中一人。

你忠诚的

菲利普·特伦特

"多生硬啊!"她说,"即使你在自己的房间,也写不出比这更生硬的东西来了。"

特伦特将信装入一个长信封。"没错,"他说,"我想他看了以后一定会跳起来。现在,这件事不能有任何风险,要特别指派一个信差,专程送到他手中。如果他恰好不在,邮件也不应遗留在那里。"

她点头同意。"这件事由我来安排，你在这里稍等一会儿。"

当曼德森夫人回来时，特伦特正在唱片架上搜寻。她渐渐跪坐在地毯上，"菲利普，告诉我，"她说，"昨天你见到我舅舅时，没有告诉他——关于我们的事？"

"我没有，"特伦特答道，"我记得你没有说要告诉任何人关于这件事情。我这么做是为了你——难道不是吗？——让你来决定我们是否有信心来面对，是现在还是在不久的将来。"

"那么你还是会告诉他咯？"她双手拧在一起，低着头，"我希望你告诉他如果你要猜出这是为什么的话……那就是，这件事已经定了！"她抬头望着他，两人都沉默不语。

他靠在椅背上。"这世界究竟是怎么了！梅布尔，你能不能弹奏一些欢快的曲子？不要那种吵闹聒噪的，而是自然表现喜悦的？我无法再忍受现在的这种心境了，我们必须尽快摆脱它。"

她回到钢琴前，一边敲击着键盘，一面想着。然后她便全情投入地开始弹奏《第九交响曲》，音乐仿佛打开了通往天堂的大门。

计中计

窗户旁放了一张老旧的橡木书桌,从这间房子可以俯视圣詹姆斯公园。房间很大,从布置和装饰上可以看出,主人很有品位,又有浓厚的单身生活色彩。约翰·马洛的手重压在桌面上,从下面取出一个长而厚的信封。

"我明白,"他对库伯勒先生说,"我想您已经看过这份手稿。"

"我第一次读到它是在两天以前,"库伯勒先生回答,他坐在沙发上,用温和的表情打量着房间,"我们已经充分讨论过它了。"

马洛转向特伦特。"这是你的手稿,"他说着把信封放在桌上,"我看了三次之多,难以相信还能谁有够像你一样了解那么多事实。"

特伦特对他的恭维不予理会，他坐在桌旁，双眼望着炉火，修长的腿在椅子底下交叉。"我明白你的意思，"他把信封拿过去，"现在要揭开更多真相了。只要你愿意，我们随时都愿意听你说，希望这会是一段很详细的叙述，越详细越好，我想了解透彻。我首先想要了解的，就是关于你和曼德森之间的关系，我早就听说，死者的个性是案情的重要环节。"

"你说得对，"马洛冷冷地回答，他走进房间，坐在角落的一把椅子上，"那就从你提到的这点开始说起吧。"

"我必须事先告诉你，"特伦特看着他的眼睛说，"虽然我来到这里听你的说辞，但并不表示我就有理由推翻我先前的结论。"他指了指那封信，"你现在所说的其实是替自己辩护，你明白我的意思吗？"

"我很清楚。"马洛非常冷静，完全没有受到影响，同特伦特记忆中一年半以前在马尔斯多遇见的那个紧张不安的马洛判若两人。他身材高大，嗓音浑厚，眉宇之间有一股坦诚的气息，清澈的蓝眼睛中仍然闪现他们初次见面时警觉的神情。他紧闭的嘴暗示出他明白自己的困难处境，并准备全力抗争。"西格斯比·曼德森不是等闲之辈，"他平静地叙述，"大多数有钱人，不是异常贪婪，就是工作狂，要不就是运气好得出奇，但这些人的智力水平往往并不出众。曼德森乐于积累财富，他总是不停地工作，而且是个支配欲很强的人，当然他的运气也不错。在他的国家，人们也许会告诉你，他最大最鲜明的特点是不顾一切地追逐自己的目标。有很多这样的人，一旦制定出计划，就会千方百计地实现。

"我并不是说美国人不够聪明，从一个国家的整体水平而言，他们比我们要强出十倍，但我从来没有见过这样一位如此睿智、有远见以及意志力坚强的人，他所做的一切都是为了积累更多的财富。媒体常称他为'华尔街的拿破仑'，很少人能像我那么真切感受到这一点。他几乎从来不忘记任何有利于他的事情，就像拿破仑对待军事一样处理商务资讯。他能够在很短的时间内，研读关于煤矿、小麦或铁路方面的报告，然后推行出人意料的大胆计划。他的大部分成功都是这么来的。他遇害之后，整个华尔街陷入一片混乱，他的对手也一一投降了。接下来我要对你们说的事情，常人可能要花很长时间来思索，但对于曼德森而言，只需刮胡子的时间就可以将整个计划想周密，直至每一个细节。

"我一直觉得他的印第安血统是导致他狡猾残忍的主要根源，尽管他的印第安血统非常弱。说来也奇怪，只有我和他知道这件事情。有一次我发现曼德森和易洛魁族长及其妻子——统领整个野蛮部落长达两百多年的人——有血缘关系。于是他要我去调查这个奇怪家族的历史，在那个时代，他家族里的人有不少娶了印第安裔女人，因此他的身上也就有了印第安人的血统。经过研究我发现，有很多美国人都具有印第安原住民的血统，只是经过了历史的演变已经无从考证。随着战争结束，黑人问题逐渐受到关注，曼德森越发厌恶他有印第安血统的事实，他担心我把这些告诉别人，当然我不会这么做，但我认为自从那时开始，他就对我产生敌意了，大约是在他去世的前一年。"

"曼德森对于宗教持什么态度呢？"库伯勒竟然先开口提问。

马洛想了一会儿。"据我所知，他没有任何宗教信仰。我从来没有听到他提及宗教方面的事，我怀疑他是否真正相信过上帝，不过他在孩童时代经历过严格的宗教熏陶。他的私生活从某种意义上来说，除了抽烟以外，完全是个苦行的禁欲者。而且我同他相处的这四年中，从未从他的口中听到谎言，取而代之的是他使用误导他人等手段进行欺骗。当然，他不是唯一一个这么做的人，我想你可以把这种心理状态同士兵的心理状态比较，士兵本身是个忠诚老实的人，但是在欺骗敌人上却无所顾忌，因为职业的规则允许他这么做，许多商人为了生意也是如此，对他们来说，商场才是永久的战场。"

"多么可悲的世界！"库伯勒先生发出了感慨。

"正如同你所说的。"马洛表示赞成，"我想要说的是：一旦曼德森说出的是肯定句，那么他没有在撒谎。我第一次听到他说谎话就是在他去世的那晚，而正是因为我听到那句谎话，才使我免于被视为凶手而被绞死。"

马洛盯着头上的灯,特伦特则不耐烦地在椅子上摇晃。他说:"你可不可以先告诉我们,这几年来你们的关系究竟如何呢?"

"自始至终,我们的关系都非常好,"马洛回答,"那并不是友谊——他不是那种适合结交朋友的人——但我俩的关系应当说是老板和员工之间互相信任的关系吧。我从牛津大学获得学位之后,就以私人秘书的身份替他做事。本来我是要加入我父亲的公司,这也是我现在工作的地方,但父亲认为我应该花一到两年先去世界各地看看,所以我就接受了那个职位,当时看来这将是一份可以吸收丰富经验的工作。一晃四年过去了,其实在应聘这份工作时,我没想到棋艺会派上用场。"

听到这里,特伦特露出恍然大悟样子。"国际象棋!"特伦特重复了一遍,"你知道我们第一次见面时,是什么最先引起了我的注意吗?"他说着,走近马洛,"是你的眼睛,马洛先生,当时我有种说不出的感觉,但是现在我想起来曾经在什么地方看到过这样的眼神了,就是伟大的尼古拉·柯察金,我曾和他坐同一车厢两天之久,自此便再也忘不了他的眼睛。但当我看到你时,却一时想不起来了。对不起,请原谅我打岔。"他忽然结束了这个话题,又恢复成漠然的表情,坐回自己的椅子上去。

"我从小就开始下棋,而且都是和高手较量,"马洛简洁地说道,

"这是我的天赋,在我大学的时候,几乎已是所向披靡了,我把大部分心思花在下棋和戏剧上,经常参加演出。我想你也知道,在牛津,娱乐是无止境的,学校领导也鼓励这么做。在临近最后一个学期结束时,皇后社的曼诺博士找我,告诉我说我是个很出色的棋手。然后他说:'听说你会打猎。'我说:'经常。'他又问:'你还会别的什么吗?''不会。'我回答,我并不喜欢他说话的方式。他咕哝了一阵,然后告诉我有个富裕的美国商人正在招英国秘书,此人名叫曼德森。他似乎没有听说过这个名字,可他认为我很有机会获得那份职位,因为三个应征条件我都具备:精通下棋、会马术、有牛津大学的学历。

"于是我就做了他的秘书,很长一段时间,我非常喜欢这个职务,在一个年富力强的富豪身边工作,我从未觉得生活乏味无趣,它还让我变得独立。当时,我父亲的事业正好受到了一些重挫,我很高兴自己没有向他要钱。在第一年的年底,曼德森给我加了双倍工资。他说:'这可不是一笔小数目,但我认为值得。'那个时候我的工作不单只是早晨陪他骑马和傍晚下下棋,还要去他的家,陪他去位于俄亥俄州的农场,照料他的马、车和他的游艇,我成了长了腿的地图和一位雪茄专家,其间我总是在不断地学习。

"好了,现在你明白在曼德森去世的最后两三年,我与他之间的情形了吧,整体而言,那是一段幸福的时光,工作忙碌而有趣,同时我还有足够的资金。那阵子,我愚蠢地迷上了一个女孩,心情不是很好,是善良的曼德森夫人帮助了我。"马洛把脸转向库伯勒先生那边,"或许她曾经告诉过你这件事。至于她丈夫,从未改变对我的态度。就算在他死前的最后几个月里,曼德森的脾性发生了巨大变化,但他对我仍然非常慷慨,我并未察觉他对我们之间的关系有何不满意。直到他死去的当晚,我才惊讶地发现,他是多么仇恨我!"

特伦特同库伯勒交换了一下眼神。"在此之前,你从来不曾怀疑他对你的态度?"特伦特问道。与此同时,库伯勒也开口:"是不是你做错了什么事?"

"我从来都没有想到,直到那天晚上,"马洛回答,"直到那天,我仍然无法想象那种怨恨积压在他心中多久了。在他死后的几天里,我想他可能出于某种幻觉,认为我有什么阴谋针对他,而且这个信念一定根深蒂固。你能想象吗?一个人结束自己的生命,动机只是为了让自己痛恨的人上绞架,你们能理解吗?"

库伯勒晃动着身子。"你是说,曼德森应该为他自己的死亡负责吗?"他问道。

特伦特不耐烦地望了望他,然后面向马洛。听了这一席话后,他的脸色不再那么苍白。

"我确实是这么认为的。"马洛的回答简明扼要,然后期待地望着发问者，库伯勒点了点头。

"在研究你的观点之前，"库伯勒的口吻就好像在探讨理论科学，"你所提到有关他的心态是指……"

"我们还是先听听他的情况吧，"特伦特立即打断，一只手轻轻地放在库伯勒的手臂上，接着说，"现在你可以把当晚发生的真相告诉我们吗？"

听到特伦特用隐晦的语气强调"真相"这个词，马洛顿时脸红起来。"星期天晚上，邦纳、我和曼德森夫妇一起吃晚餐，"他谨慎地叙述起来，"和平日一样，曼德森沉默阴郁，其他的人则照常谈话。大概九点左右，曼德森夫人来到客厅，邦纳到酒店会见一个熟人。曼德森要我陪同他去房子后面的果园，说有些话要和我谈。我们沿着小径，来到了屋内人听不见的地方，他边抽着雪茄，边用一贯冷静慎重的语调同我说话。他看起来很理智，状态也良好，他要我帮他做一件重要且秘密的事。邦纳对此一无所知，也希望我知道得越少越好，只要按照他的指示去做就行，不要试图去探究原因。

"这是他一贯的工作作风，他的手下就像他手中的工具一样，他只需告诉对方按指令办事。我早就习惯这种方式，被他这样使唤过好多回了。我向他保证，他可以相信我，并说我已经准备好了。他问我：'现在就可以吗？'我说当然没问题。他点点头，说：'有一名在英格兰的男子和我一同处理这件事,他叫乔治·哈里斯,明天中午乘船从南安普敦到哈佛。你还记得这个名字吗?'我回答:'是,一个星期前你让我用这个名字预订船舱,我还把票交还给你了。'他从口袋里掏出船票,如往常一样,用烟蒂指着我说:'哈里斯明天不能离开英格兰,我需要他留在那里,同时我要邦纳也待在那里,但是必须得有人拿着这份文件搭船去巴黎,否则我的计划就泡汤了。你会去吗?'我说:'当然,我在这里听候差遣。'他嘴里叼着雪茄对我说:'这不只是普通的任务,我现在正忙着的这笔交易,无论我或与我有关的知名人士都不能露面。我的对手们都认得你,如果我的秘书在开往巴黎的某艘船上被发现,然后他和某人会面,那么整件事情就功亏一篑了。'说完,他丢掉烟蒂,质疑地望着我。我并不喜欢这件差事,但我更不希望让他失望。于是我轻声告诉他,我对化装很在行,我将尽力隐瞒自己的身份。

"他点头表示同意。他说:'很好,你一定不会让我失望。'然后,他继续吩咐我,让我把车子开往南安普敦,因为没有火车班次了,所以不得不开一整夜的车。'如果没有意外,你将在早上六点之前到达。你到达南安普敦之后,直接去贝德福德酒店,去找哈里斯。假如他在那里,告诉他由你代替他去巴黎,并让他电话我,越早越好。但如果他不在那里,表明他已收到了我的指示,没有去南安普敦。这样的话,你就不用去找他了,等船到了以后用假名字把车留在那里。设法改变你的样子，不管用什么方法，我知道你可以办得到。千万要小心，不要和陌生人谈话。当你到达时，去圣匹兹堡旅馆找个房间，在那你将收到一封给乔治·哈里斯的信，信中会写明把公文包带去哪里，公文包等一下我会交给你，是上了锁的，你要好好看管，听明白了吗？'

"我把他的命令重复了一次，然后问他，送好公文包后是否要即刻从巴黎返回。他告诉我说：'尽可能早回来，不论发生什么事，途中都不要和我联络。如果在巴黎没有收到消息，就原地等待，直到收到为止。现在，尽早准备，越快越好，我和你一起上车，快！'

"以上就是我所记得的当晚他说的话。晚上，我去到了自己的房间，换上白天的衣服，急忙地把一些生活必需品收进旅行袋，心情七上八下，大脑没有休息过。我记得上次我们见面时，我告诉过你，"他转向特伦特说，"曼德森的作风是喜欢带有一点神秘的戏剧性，当时我告诉自己这就是曼德森。我带着行李，去书房和他碰面。他给我一个八乘六英寸大的皮夹，系着一根带锁的皮环，刚好可以塞进我衣服的侧面口袋，接着我去房子后面的车库把车子开出来。当我把车倒出来的时候，突然发现一件很难堪的事，我的口袋里只剩下几个先令了。

"过去一段时间里，我一直缺钱，正因为如此——这点至关重要——那时候我暂时靠借钱来过日子，我对理财一直很粗心，结交的一些朋友当中部分人，什么也不做，全依靠父母经济支持。之前我收入颇丰，又因过于忙碌而没有和他们一起参与投机游戏。但出于好奇,我也开始在华尔街玩起投机游戏,这在华尔街是老生常谈的故事了。起初我觉得投资很容易,刚起步的我很幸运,也总是很谨慎小心,但有一天,我超出了底线,就像我告诉邦纳时他所表达的那样,仅仅一周我就失去了继续参加游戏的资格,开始负债了。我吃了教训,不得不去求助曼德森,告诉他我的窘境,他报以一个冷峻的笑容,以我从未见过的同情心,从我的工资里预付了可以使我还清债务的钱。过后他对我说:'不要再沉迷于那个游戏了。'这是他全部的原话。

"那个星期天晚上,曼德森知道我身无分文了,邦纳也清楚我的情况,即使他已经预支了我的薪水,但有时还是不够用,曼德森将这件事牢牢记在心里。

"当我把汽车开来,去书房找他时,把困难告诉了他。当时我就预感到将有什么不寻常的事情发生,尽管只是很轻微的感觉。当我提到'开支'这个词时,他的手机械地贴近了左边口袋,那是他放钱包的地方,里面大约有一百英镑,这是他的习惯。更让我惊奇的是,我听到他低声咒骂,我从没听过他这样骂过人。但邦纳告诉我说,只有他和曼德森独处的时候,他才会这样骂人。'他是不是把钱包放错了地方?'我当时脑海中闪现了这样的一个念头。一周前,我去伦敦执行公务,包括替乔治·哈里斯先生预订车位,我代曼德森从银行人员那儿提了一千英镑,并按照他的要求换成小额现金。我不知道他这么做的目的是什么,因为当天早些时候,我亲眼看见他在书房里数钞票。

"他并没有转身走向书桌拿钱,而是站在原地看着我,愤怒就写在他的脸上,他的目光逐渐恢复冷静。'到车里等我,我马上把钱带来。'我们一同走了出去,当我穿上外套时,我看到他进入客厅,如果你还记得的话,它就在大厅的另一侧。

"我走到草坪上,抽着雪茄来回踱步。我一次又一次地自问,这一千英镑去哪里了,难道在客厅吗?当我路过客厅的窗户前,我看到曼德森夫人的影子,她站在书桌旁。窗户开着,我正好听到她说:'我这里大约有三十英镑,够吗?'我没有听到回答,但听到了叮当响的钱币声。正好,我也听到了他说的话——我可以一字不差地重复一遍,因为那太让我惊讶了,他居然对曼德森夫人说:'我现在要出去一下,马洛建议我趁着月色开车兜风,他说可以帮助我睡眠,我想他是对的。'

"之前我告诉过你,这四年来我从来没听他那么赤裸裸地说谎。我自认为很理解这个男人奇怪而肤浅的道德观,如果他被迫去回答什么不可回避的问题,那么他要么拒绝回答,要么说真话,但那一刻我听到的是完全编造的谎言,这就好比是我熟知的一个人,在对我表示深切同情的那一刹那,突然在我脸上打了一巴掌。我站在原地,感到全身的血液直往上冲,直到他的脚步声临近前门,我尽力使自己镇静下来,迅速回到车边,他递给我一个银行的纸袋,里面装着金子和现钞。'这些比你需要的多得多。'他对我这么说,于是我将它收入袋中。

"我站在那里和他讲了一分钟的话——在极端激动的情况下还能进行思考是很不容易的——我把话题转到了行程上来。我自信自己的表现很镇定,但我说话的时候,内心又充满了疑惑和害怕。我感知到了一种迫近的恐惧,同曼德森有关,而我就成了敌意的目标,这比我以前感觉到的任何确切的恐惧都更为可怕。我对自己说,应该不是因为钱。距离住宅大约一英里的地方,你还记得那地方吧,对面就是高尔夫球场。曼德森说他要下车,于是我停了车。'一切都清楚了吗?'他问道,我强迫自己又复述了一遍。'那好,'他说,'再见了,别忘了那个皮夹。'这就是他对我说的最后几句话,之后我将车缓缓开走。"

马洛从椅子上站起来,用手遮住他的眼睛。他的脸因为激动而开始泛红,目光中充满了恐惧。两位听众保持沉默。他抖动了一下身子,双手放在背后,直挺挺地站在火炉前面,继续他的故事。

"我想你们都知道汽车的后视镜吧?"

特伦特随即点头,而库伯勒先生对车子向来有偏见,他对此一无所知。

"就是一个圆形或矩形的镜子,"马洛解释说,"位于驾驶座右前方,可随着驾驶员的视角调整,司机不用转身就可以看到后方的情况,这是一个很普通的设备。当我把车子开动时,曼德森就在车后,他一言不发,然后我就在后视镜里看到我再也不愿想起的画面。"

说到这里,马洛沉默片刻,盯着前面的墙。"那是曼德森的脸,"他低声说道,"他站在马路上,从后面看着我,距离几码远,月光照在他脸上,从后视镜正好可以看到。事实上,我借着开车的动作,才得以缓冲震惊的心情。毫无疑问,你一定在书上看到过所谓地狱般的眼神,但也许你不知道真的目睹它时会是怎样。我几乎认不出那是他的面孔——那是一个疯子的脸——极度扭曲、丑陋,带着仇恨,他露出牙齿,一副复仇得逞后的得意表情……从后视镜中,我只能看到脸部,也许他的身体还有其他动作。短暂一瞥之后,我继续将车子往前开,疑惑和疑问如海潮向我涌来,突然我明白了。特伦特先生,在你的手稿中没有提到,一个新的想法出现时,人们会自动把原先的思路整理好,确实是这样。当他眼中的怒火像塔灯一样照进了我的心时,我意识到这个男人对我恨之入骨了。而且不只如此,还有一种得意的味道,仿佛幸灾乐祸地看着我的命运,那是怎样的宿命呢?

"在离开曼德森下车点约二百五十码处,我停下了车。躺在座位上思考着,为什么我被派往那里?身上带着钱和船票?但是又为什么是巴黎呢?我对这点感到很困惑,巴黎实在引不起什么戏剧夸张的想法。我先把这点预留在一边,开始转向另一个值得注意的地方,就是他关于我说服他去开车兜风的谎言。这又是出于什么目的呢?我对自己说,在我返回的路上,曼德森正单独步行回家,他会如何向别人解释呢?他的车子也被我开走了。又一个问题印入了我的脑海:那些钱去了哪里?答案显而易见:那一千英镑就在我的口袋里。

"我下了车,站起身来,膝盖直发抖,感觉一阵恶心。我想我已经看穿整个阴谋了,那个所谓将重要文件带去巴黎的故事根本就是一个幌子。曼德森给我的钱,他后来很可能宣称是我抢夺的,如此在外界看来,我是一个畏罪潜逃的人。他可能立即同警方联络,告诉他们如何找到我,于是我也许在巴黎被捕,并且正以一个假名生活。我把汽车留在那里,伪装自己,预订了船舱准备离开。显然我是一个没钱的人,为了某种迫切的理由而犯罪,所有环节设计得简直天衣无缝!

"当这一连串可怕的罪证放在我面前时,我从口袋里掏出了那个钱包,我相信钱一定就在里面。正当我这么想时,发现这个钱包的重量似乎不只是钞票而已,因为它很鼓,究竟我还背负了什么其他的罪名?毕竟一千英镑还不至于诱惑一个像我这样的人为它冒险。激动之下,我不知不觉抓住了上面的锁链,用手指一按。你知道,那个锁脆弱得就像玩具一样。"

说到这里,马洛暂停下来,走向橡木书桌前,拉开抽屉取出一个奇形怪状的钥匙盒子,从里面挑选了一把贴有粉红标签的钥匙,把它递给特伦特。"这就是被我捣破的那把锁的钥匙,我把它作为纪念品。早知道,我就把它放在左边的大衣口袋里了。或许是在曼德森坐进车内时,偷偷放进去的,可能我要数周后才会发现它。曼德森死后的第二天,我就发现它了,如果是警察的话可能五分钟之内就能搜到。当时我身上带着钱包,使用假名字,戴着一副假近视眼镜以及其他种种——总之,无论我怎么解释,也洗脱不了犯罪嫌疑,只能对警察说自己并不知道钥匙为什么会在我的口袋里。"

特伦特晃了晃那把钥匙,突然问道:"你怎么知道这是钱包的钥匙呢?"

"因为我试过了。当我发现它的时候,就拿去插进那副锁里,我想你也知道吧,特伦特先生?"马洛的声音中有一丝嘲弄的意味。

"你猜对了,"特伦特苦涩地笑着,"我确实在曼德森的房间发现了一个空的大钱包和一把坏掉的锁,和其他杂物一起放在梳妆桌上。可是我想不明白,为什么你把它放在那里。"说完,他紧抿着嘴。

"没有必要隐藏起来,"马洛说,"现在回到刚才的故事,我把锁弄坏之后,在车灯前把钱包打开,并没有看到预期中的东西。"他停顿了一下,看了看特伦特。

"那是——"特伦特很自然地接下去说,"不要指望再从我这里套出什么事情。"说着,他盯着对方,"在我的手稿里,已经一再称赞你的聪明,你不需要借着别人来证明。"

"好吧,"马洛表示同意,"如果你是我,一定能够更早知道曼德森的钱包在那里。当我一看到它,就想起我向他要钱时,他那吃惊而愤怒的表情。他早就准备把钱包连同其他东西一并作为我掠夺的罪证了,我打开一看,和往常一样有几张现钞在里面,还有两个小皮袋,我认得它们,完全出乎我的意料,这里面装的都是曼德森收藏的钻石。我能感觉到这些小石子在手指下移动,它们究竟有多值钱,我并不知道。我原以为他投资钻石只是为了跟风,原来是为了栽赃于我,我想一定有一个强有力的诱因导致他报仇。既然我已经知道事情的原委了,我必须采取行动。曼德森大概是在离房子一英里左右的地方下车的,他需要二十分钟,最快也要十五分钟才能到家。当然,一旦他到那里,立刻就会告诉警方。而我在五分钟前和他分开,应该还有时间拦截他。虽然那个场面想起来可能会很尴尬,但是一想到当面和他交流的那种快感,所有的顾虑都消失了。也许有很多人都害怕见到曼德森本人,但我已经气疯了,根本不去考虑后果,任由事情自身发展。于是我调转车头,快速驶向白色山形庄园,就在这时,传来一阵枪响。我立刻停下车。第一个念头是:曼德森要射杀我,然后我意识到枪声并不是从附近发出的,马路上除了一片月色,一个人也没有。过了一分钟后,我重新发动车子,缓慢地经过他下车的那个拐弯处。就在那一刻,我完全僵住了，我清楚地看见，曼德森一动也不动地躺在草地上。"

马洛又停顿了一下。特伦特皱着额头问："是在高尔夫球场？"

"显然是的，第八块草坪正好在那儿。"库伯勒先生说。他对马洛的故事越来越有兴趣了，开始兴奋地捋起他稀疏的胡子。

"就在果岭，接近的旗杆的地方，"马洛说，"他仰面朝天地躺着，双臂向外伸展，外套和厚大衣敞开着，月光衬得他的脸色苍白，还映射着他一只外露的眼睛和他的牙齿。这个男人确确实实是死了！我坐在那里目瞪口呆，我甚至能够看见一道血迹从眼窝流向耳朵！他的黑色软帽掉在附近，那把手枪就在脚边。

"我无助地坐在那里大约几秒钟之后，便站起来走向他。我周围充满了危险，这个疯狂的人设下了圈套破坏我的自由和荣誉，甚至不惜牺牲自己的生命。毫无疑问，他自我毁灭的冲动也许已经转换成恶魔般的喜悦，他这么做只是为了能够拖垮我。我感到彻底绝望，本来以为他只是想给我冠上小偷的罪名，可现在发生的一切都在向世人宣告我是一个杀人犯！我不带任何感情地拿起手枪——这正是我自己的！我猜想，是曼德森乘我去开车时，从我的房间里偷偷拿走的。与此同时，我想起正是由他建议，在上面刻上我名字的缩写，以区别于他的那把。我弯下腰来看看他，看到他已经没有任何生命迹象。我必须告诉你，我完全没有注意到，他手腕上的伤痕。但我毫不怀疑，那是他故意伤害自己的,就像开枪射击一样,全都是他计划的一部分。虽然我不清楚所有的细节,但是很显然他在从地球上消失以前,仍不忘将我送上审判席,把自杀身亡的迹象全部排除了。当他举起手枪时,一定很痛苦,脸上并没有烧伤的痕迹,伤口干净利落,表面已停止流血。我站起来,心里回想着所有不利于我的地方。我是最后一个看到曼德森的人,我说服了他,所以他向妻子撒了谎,和我一同开车夜游,然后他再也没有回来,凶器是我的手枪。幸亏我没有中计离开英国,隐蔽身份,携带金钱。但是有什么用呢?我还有什么希望呢?我该怎么办?"

马洛双手撑在桌子上,说:"我希望你们了解我当时的做法,你们一定觉得我是个傻瓜。但是,毕竟警察没有怀疑我。我在果岭来回走了一刻钟,心想这件事情就像下一盘棋一样,不得不三思而后行,冷静应对,不知道这个狡猾的老家伙还设下了什么陷阱等着我去踩。我面临着两个选择,不管是哪种,我都必死无疑:第一种选择,我可以把这件事情的来龙去脉交代清楚,交出钞票和钻石,然后相信真理可以解救无辜的人。我几乎可以想象到,我把尸体带回家,用这个荒唐的故事做出解释,指控一个从来没有背弃过我的人设下阴险的圈套要谋害我,怨恨在曼德森的心中积藏了这么久,只有像他如此克制的人才可以做到。你们应该可以想象出,在他死亡的阴影下,我所说的每一个事实听起来就像是一个个拙劣的谎言。我试图想象当我用这样的一个故事为自己辩护时众人的表情，我可能会在报道中读到这样的标题：《这个无耻之徒为了逃避死刑编造事实》。我并没有逃跑，我把尸体带了回来，归还了钻石和钞票，但是这些能帮助我解决难题吗？这些只能表明：我干掉了这个男人以后，没有勇气去承担犯罪惩罚；或许，它还能引发另一种猜测：因为我自知无望逃走，才自圆其说。不论是哪一种解释，我都没有希望洗清自己。

"第二条路就是远走高飞，而这也是死路一条，因为我并没有时间来掩埋尸体，还要确保它不会被发现。可只要曼德森两三个小时没有回家，立刻就会引起骚动，马丁会怀疑车子出了什么事故，然后打电话向警方报案，破晓后他们会搜遍所有的路，所有的港口、铁路站头都会派人看守。到时候，二十四小时之内，全国上下甚至整个欧洲都将全力搜捕我。当报纸每天都大篇幅报道这件案子的同时，我想被指控谋杀曼德森的凶手绝不可能蒙混过关，每个陌生人，无论男女老少都会像侦探一样追踪我。如果从这两条路中任选其一，我宁可说出实情，尽管它听起来荒谬至极。

"但后来我开始想到，除了事实意外，我能否编出比事实更合理的说法呢？我的性命可否靠一个谎言保住呢？一个又一个故事浮现在我的脑海，我就不一一告诉你们了，我不想再回想起它们，每个版本都有破绽。但每一种说法都有同一个指向——虽然不是事实——我建议曼德森开车外出，然后他再也没有或者回来。时间渐渐流逝，而我始终没有确定最终方案，突然我萌生了一个奇怪的念头。好几次我都不知不觉地自言自语曼德森外出前对他妻子说的那段话：'马洛说服我开车夜游，他兴致很高！'尽管没有故意模仿，我却用了曼德森的声音在说话。

"特伦特先生，正如你所发现的那样，我很有模仿天赋。我曾多次成功模仿了曼德森的声音，甚至骗过了邦纳的耳朵，邦纳和他在一起的时间比曼德森夫人还多。"马洛转向库伯勒，"一种强烈、严肃的声音，非常特别，也更容易模仿得像本人了，于是我又念了一遍。"他重复着那些话，库伯勒听了惊讶地睁大了眼睛。

"我用了三十秒的时间大致酝酿了整个计划，但没有足够时间想太多细节，当时每秒钟对我来说都很珍贵。我把尸体抬起来，放到车子的座位下，用毯子覆盖住，然后我拿起帽子和左轮手枪，我想应该没有留下什么痕迹在果岭了。接着我便开车回去了，一路上我越来越兴奋，觉得自己可以避开这场灾难了，只要我鼓起勇气保持冷静，这一切变得如此简单，除非有突发状况，否则我不该失败！想到这些，我忍不住要尖叫起来。车子接近房子时，我放慢速度，仔细侦察道路情况，没有发现移动的物体。我调转车头，开到马路另一边，距离转角门大约二十步的地方，我把车子停在草堆后面。随即，我戴上曼德森的帽子，拿起手枪,在月色下拖着他的尸体,缓慢地穿过小门。当时,我已经将一切忧虑抛开,迅速行动,我想我能成功。"

马洛长长地叹息,整个人嵌在火炉旁的椅子里,用他的手帕擦拭潮湿的额头。他的听众也深深吸了一口气,没有发出任何声音。

"其他的事情你都知道了。"他说着,从身旁的盒子里拿了一根香烟点燃。特伦特看着那微微颤抖的火苗,觉得自己的手也在颤抖了。

"是那双鞋出卖了我,"马洛沉默了一会儿之后,开口说话,"穿上它们时,我觉得并不舒服,可我做梦也没有想到它们出卖了我。我想我的鞋印不能出现在小屋和大房之间的路上,因此一进门,我便把鞋子脱了下来。我把我的鞋子、夹克和外套放在尸体旁边,还故意在落地窗外面的土地上留下明显的脚印。接着就需要进行到可怕一步,脱去尸体上的衣服,为尸体穿上鞋。至于将假牙从死者嘴里取出,是更让人毛骨悚然的事情。他的头——你们一定不会想听当时的情形。当时我并没有想那么多,我只是急于让自己解脱。我放下了他的袖子,把鞋带系紧,尤其是把金表放错了口袋——是一个更严重的错误,这一切完成得太仓促了。

"顺便说一下,关于那瓶威士忌,你弄错了,我只喝过一些之后再也没有喝了。但是我从橱柜里拿了一个小酒瓶,装了一点酒。在这样一个焦灼的夜晚,我不知道自己将如何面对。在开车的过程中,我喝了一两口酒。提到开车这一点，在您的手稿中，将时间估算得很充足。你说要在六点半之前抵达南安普敦，即使再拼命，至少必须在十二点以前离开马尔斯多。在十分钟之内，我把他平时穿的西装、领带、手表与表链等都穿戴在尸体身上，然后我回到停车的地方。我想不会再有其他人会冒险不开车前灯就在夜间开车吧。每次想起，我都不禁为自己捏一把冷汗。我就不多说在家里做的事了。马丁离开后，我便认真思考接下来的步骤。我卸下左轮手枪里的子弹，用手帕将它擦拭干净，用曼德森的钥匙打开书桌的抽屉，把钱和钻石放进去重新锁好，然后我就上楼去了，这真是惊心动魄的一刻。虽然我可以安全躲开马丁的视线，但那个法国女佣有时会在那里游荡。至于邦纳，据我所知，他是一个睡眠很深的人。曼德森夫人则通常在十一点前就上床睡觉。我认为，尽管她的婚姻不幸，但她依然能够保持美貌和活力，这同她的睡眠习惯不无关系。我悄无声息地走到楼上，然后回到书房，还好什么都没发生。

"上楼之后的第一件事，就是回到我的卧房，把手枪和子弹放回盒子里，然后关掉灯，迅速潜入曼德森的房间。我不得不这么做，把他的鞋子脱下来放在门外，再脱下他的夹克、背心、裤子和黑领带，所有的口袋都掏空。然后我选了一套西装、一条领带和一双鞋子，准备稍后为他换上。我从床边的洗手池上取下了一个碗，把假牙泡在里面，所以才会留下那些致命性的指纹，衣柜上的指纹应该是我取领带的时候留下的。然后我躺到床上，来回翻滚，故意留下睡过觉的痕迹。现在，这一切你都知道了，除了我当时的精神状态——你无从想象，我无法描述。在我刚要进行下一步行动的时候，最糟糕的事情发生了，当我以为曼德森夫人在房间里睡着了的时候，她突然说话了，虽然我心里做好了这方面的准备，但这种情况真的发生时，我还是会惊慌失措。

"顺便说一下，如果她一直醒着，我就无法从她的窗口逃离。那样的话，我打算留在那里几小时，不和她说话，并迅速地沿着正常的路径离开那所房子。那个时候，马丁应该已经上床了，我离开的时候可能被人听到，但起码没有被看见，我就可以按照计划行事，然后在最佳时间开车赶到南安普敦。不同的是，我就无法制造一个六点半之前出现在旅馆的不在场证明了。我可以直接把车驶向码头，故意和周围的人说长道短。在中午船舶到达之前，我已经在那里了，没有人会怀疑到我。即使有人这么质疑我，我会说在十点半和曼德森分手之后，因为车子抛锚在路上耽搁了，看看还有谁将我同罪行联系在一起。即使证明我的手枪是作案凶器，但它公然放在我的房间，任何人都可以使用。当大家都认为是曼德森本人回过房间后，我相信绝对不会有人怀疑到我。因此，当我听到曼德森夫人的呼吸声，确定她是睡着了后，在十秒钟内迅速地穿过她的房间，然后同那一捆衣物落在草地上，我相信我没有发出一点声音。当我把玻璃窗推开时,也是无声无息的。"

"请你告诉我,"当马洛又点了一根烟时,特伦特问道,"为什么你要冒险从曼德森夫人的房间逃走?我注意到你之所以选择从房子的另一边出去,是因为怕被马丁或者其他用人看到。但那一边还有三间空房。如果你在曼德森房间完成那一系列的事情后,完全可以较为安全地从那三间中任选一间悄悄逃走,但你却选择从她卧室的窗户出去,"特伦特他冷冷地说,"你知道,一旦被人发现,可能会引起不利于曼德森夫人的猜测,我想你懂我的意思。"

听了特伦特的一席话,马洛的面红耳赤。"特伦特先生,我想请你谅解,"他的声音颤抖,"如果有像你所提到的那种可能性,我宁愿不逃走,也不会这么做。只有不熟悉她的人,才会怀疑她会掩护杀害她丈夫的凶手。"

"你说的没错,"特伦特冷静地回答,"我也相信,并没有考虑到我前面提到的那种情况。如果你从无人的房间出去,一定更为安全。"

"你真的这么认为吗?"马洛问,"我只能说,我没有勇气做到这点。我告诉你,当我进入曼德森的房间,关上门的那一瞬,我面对的最大的恐惧就是曼德森夫人。我只要确定她睡着了,那么这件事情就大功告成了。如果没有意外,那么这个路径是最方便的,不然的话我要带着一大捆衣物,打开这道门,在月光的照射下,穿着我的衬衫和裤子进入另一个空房间,即使我的脸没有被看到,但我的站姿和曼德森的完全不同,是不可能被看错的。马丁在房子里安静地巡逻,邦纳随时可能走出自己的卧室,任何一个用人都可能出现在任何一个角落或者通道,我曾经在很晚的时候,发现谢里斯汀出现在那里。正因为有那么多不确定的因素,当我进入曼德森的房间时,我就知道我必须面对的事情了。我穿着自己的衣服躺在曼德森的床上,虽然还是很焦虑,但和看到尸体的那刻相比,心情已经平静很多。我甚至暗暗庆幸能有机会通过与曼德森夫人对话,把我被派往南安普敦的事情又重复一遍,这样整个行动就更有根据了。"

马洛望着特伦特,对方点头表示赞同,仿佛在说他俩的看法不谋而合了。

"至于南安普敦,"马洛继续叙述,"我在那里做了什么,想必你都知道了。我按照曼德森的指示,将他精心编造的谎言继续下去。在出发之前,我从打了一个长途电话到南安普敦的酒店,果然不出我所料,那里并没有一位叫哈里斯的人。"

"那是你打电话的理由?"特伦特随即问道。

"打电话是为了不让马丁看到我的脸,只能看到外套和帽子。一个自然的姿势,和一通电话,效果是相当逼真的。如果我只是假装打电话,那么你就会调查出当晚根本没有人从屋内打电话出去。"

"我着手调查的头一件事,就是了解打电话的情况,"特伦特说,"你打的这通电话,和你从南安普敦发回的电报,都说明哈里斯并没有出现,因此你即将返回,对此我很欣赏。"

马洛尴尬地微笑。"我不知道还有什么可以告诉你们。我回到马尔斯多,见到你那位侦探朋友时,心里还是很紧张。更糟糕的是当我听说你也介入了此案调查,这不是最糟糕的部分。最糟的应该是第二天我看到你从灌木丛走出来,我以为你当场就要揭穿我。现在,我把一切全都告诉你了!你看起来并不那么惊讶。"他闭上了眼睛,保持片刻沉默。特伦特了突然站了起来。

"还有什么要盘问的吗?"马洛严肃地问他。

"没有,"特伦特伸展他的四肢,"只是腿有点发麻,我不想问任何其他问题了,相信你已经全部告诉我们了。我不愿相信你是凶手,因为我一直很喜欢你的脸,或许是你淳朴的面容很容易获得别人的信赖,或许是我的虚荣心作祟,我认为没有一个人可以当着我的面连续说谎一小时而不被我识破。你的故事很不寻常,而曼德森又是一个非常特别的人,你们两个简直疯了。但我同意,如果你当时的行为像一个心智健全的人,那今天的你绝对没有机会逃脱法律的审判。有一件事情毋庸置疑——你是一个很勇敢的男人。"

马洛涨红了脸,说不出话来,库伯勒先生干咳了一下。

"就我个人而言，"他说，"我从来没有怀疑过你会是凶手。"马洛充满感激地吃惊地望着他，特伦特投来一个疑惑的眼神，"但是，"库伯勒紧接着说，"我还有一个问题要问你。"

马洛点了点头。

"如果有其他人被怀疑是凶手而被审判，你会怎样做？"

"我想那么我的责任就很明确了，我会把整个故事说出来，然后找律师为我辩护，其他的就交给他们处理了。"

特伦特笑出了声，现在事情都已水落石出，他的情绪又回复到无法控制的状态。"实际上，并没有人受到牵连。今天上午，默奇告诉我，他们决定采用邦纳的说法——这宗案子是美国黑手党的复仇行为所致，曼德森的案子就此了结。噢！天啊！这个自以为深谋远虑的人，绝对想不到事情是这样收场的。"说完，他拿起桌上的那封厚重的信，扔进了火炉。

"这是送给你的礼物，朋友，正因为你的勇气，事情才会有进展。但是现在已经差不多七点了，我和库伯勒晚上还有事情，先告辞了。再见，马洛先生。"接着，他看着马洛的眼睛，"我所做的一切，差点将你送上断头台，不知道你是否怨恨我。能和你握个手吗？"

最后一击

"你说我们七点半还有安排？"走出马洛公寓的门口时候，库伯勒问道，"我们有什么约会吗？"

"当然，"特伦特回答，"你要和我共进晚餐，我付钱请你吃一顿，庆祝一番！不，不！我先问你，我好不容易弄明白了这件案子的来龙去脉，它几乎困扰了我一年——如果这还不值得好好庆祝，我真不知道还有什么可让人高兴的了。库伯勒，咱们别去俱乐部。在伦敦俱乐部里被人看见欣喜若狂的样子，足以毁掉一个人的声誉。还有，那里的晚餐几乎总是一成不变，成千上万个像我一样的顾客倒胃口。今晚我们到谢泼德餐厅那里去吧！"

"谁是谢泼德？"库伯勒轻声地问，他们漫步在维多利亚街上。他的同伴看来格外轻松雀跃，一个警察盯着他的脸，但他的笑容又不仅仅像是酒精的作用。

"谁是谢泼德？"特伦特重复地强调一次，"你让我再重复一次的话，我必须得说，这是个毫无意义的询问。我提议我们去那里吃晚餐，你却双手交叉，并用一种高高在上的姿态问我，表示你在踏进那家店之前，必须要先弄清楚谢泼德是谁，我再也不想迎合你这个毛病了，谢泼德只是一个我们可以吃饭的地方，我不认识他，我甚至从未想过是否有这样的一个人存在，也许他是一个神话，我只知道，在那里你可以吃到最棒的羊肉，它迷倒了无数美国观光客……出租车！"

一辆计程车平稳地停靠在路边，司机正经地点点头表示收到了指示。"我提议到谢泼德的另一个原因，"特伦特继续说，兴致昂扬地点燃了一根烟，"是因为我将同世界上最美好的女人结婚，我想这么说应该很明确了吧？"

"你要和梅布尔结婚！"库伯勒先生喊道，"我亲爱的朋友，这真是天大的好消息！来握个手吧！特伦特，我从心底里祝贺你！我不想打断你的好兴致，这让我想起很多年前自己遇到的类似情况。你知道，对于这一切我有多么盼望吗？这些年来，梅布尔一直过得不快乐，她是男人梦寐以求的伴侣。但是我不知道她对你有好感，你的想法我倒是体察了有一段时间了,"库伯勒的眼睛闪闪发光,接着说,"上次你们来我家晚宴时,我就察觉了,你看上去是在听裴姆勒教授说话,眼睛却盯着她。我亲爱的孩子,毕竟我们这些老年人都是过来人了。"

"梅布尔说在那之前她就察觉到了,"特伦特酸溜溜地说,"我还以为自己并没有表现得很明显。嗯,我从来就不是一个会装模作样的人,说不定裴姆勒透过他那副厚镜片也发现了。不管怎么说,我的求婚过程很疯狂,"特伦特恢复了神采,"现在我可能更疯狂了。至于你的祝贺,我真的非常感激,我知道你是真心的,你是那种不会和我伪装客套的人。如果我做了错事,你一定会把脸拉得三英尺长。顺便提一下,今晚我实在太兴奋了,可能会做出什么愚蠢的事来,请你见谅。你经常哼的那首歌是叫什么来着?是不是这样?"

他一边哼唱,一边用脚轻快地在地板上打拍子。"有一个古老的黑奴,他有一双木制的腿,他不吸烟,没有烟草可抽。另一位老黑奴,狡猾得像狐狸,他的烟盒子里,总是放着烟草。现在是合唱部分!他的烟盒子里,总是放着烟草!"

"我这辈子从来没唱过这首歌。"库伯勒抗议,"听都没有听过。"

"你确定?"特伦特疑惑地问,"好吧,我还是相信你的话。无论如何,这是首动人的歌,不是一般演唱会上能听到的。此刻再没有比它更能表达我内心的感情了,它让人忍不住开口就唱。就像韦尔斯教士在听鲍尔弗倾诉时，发自内心的话。"

"那是什么时候的事情？"库伯勒问道。

"就是那次介绍家禽疾病法案的时候，这是一个注定会失败的法案，你当然记得，噢！"他突然停住。一辆出租车转过小路的街角，驶向宽阔的大道。

"我们这就到了。"特伦特付钱给司机，然后同库伯勒一起下车，他们走进一间有墙裙装饰的狭长房间，里面摆着许多桌子，周围一片嘈杂的人声，这个房间里尽是雕塑，凉亭四周都是玫瑰。"这里处处有玫瑰围绕，有三个书商正在我最喜欢的那张桌子上吃猪肉哩。咱们去对面角落的那张桌子去吧。"

库伯勒在火炉边取暖，一边陷入愉快的沉思。特伦特同侍者热切地谈起话。"这里的葡萄酒，绝对纯正，我们要喝点什么吗？"

库伯勒从沉思中回过神来。"我想，"他说，"我要牛奶和苏打水。"

"说话小声点！"特伦特提醒他，"这里的领班是玻璃心，他可能会听到的。牛奶和苏打水！库伯勒，你可能自以为身体强健，我并不是否认它，但我警告你，这种混喝饮料的习惯已经害死过很多比你还强壮的人了！聪明点吧！倒一杯沙曼，远离苏打水吧！我们的饭来了。"

服务员把菜端上来之后，特伦特对服务生又吩咐了几句，看来特伦特在这里是位受人尊敬的客人。"我要了一种我知道的酒，"他说，"希望你尝尝！如果你发过誓要戒酒，那就以戒酒圣徒的名义喝点水吧！水就在旁边，可别找牛奶和苏打水这类便宜货了！"

"我从来没有发过什么禁酒誓言，"库伯勒饶有兴趣地审视着他的羊肉，"我只是不热衷于喝葡萄酒，我曾经买过一瓶想尝尝味道，结果让我难过得几乎生病，很可能那是瓶劣酒。我要尝尝你的酒，因为它是你的庆祝晚宴嘛！亲爱的特伦特，我向你保证，为了表达此刻我内心的喜悦，我愿意破例做些事情，我已经很多年没有这么高兴了。"他让服务生帮他把酒斟满，他大声宣布，"谜一般的曼德森一案已经水落石出，你和梅布尔又喜结良缘，真是喜上加喜！为我亲爱的朋友，为未来，我要举杯向你祝贺！"说完，他小啜了一口。

"你是一个很好的人，"特伦特感动地说，"你的内心比你的外表看上去更宽仁！亲爱的库伯勒，愿他的嘴永远似玫瑰般红润！不！去它的！"他停住了，他发现同伴脸上露出痛苦的神色，"我不该改变你的选择，我很抱歉，你应该点你想喝的饮料，即使气死领班也没关系。"

当库伯勒终于得到了他禁欲系饮料后，服务员退下了。特伦特意味深长地望着他。"在这嘈杂的人群中，我们可以旁若无人地自由谈话，服务生和女客人在一边窃窃私语、打情骂俏的，这里只有你和我，你觉得今天下午的谈话怎么样？"他津津有味地吃起来。

库伯勒把羊肉切成非常小块，回答说："最奇特的地方就在于这件案子的讽刺意味,我们都知道曼德森疯狂仇恨马洛的原因,可当事人自己却很迷茫。我们都知道,曼德森完全是出于嫉妒,考虑到梅布尔的感受,还是不要提这个了,马洛永远不会知道他曾被人深深误解过。真奇怪!我私下冒昧地认为,每个人其实都或多或少活在误解中。记得几年前,我有一帮老友以为我被秘密地吸收进了罗马教会,这种荒谬的猜想是基于我当时曾对每周一次戒荤的提议表示赞同。曼德森对他秘书的看法也是基于很浅薄的了解,我猜是邦纳先生告诉过你,曼德森生性多疑。鉴于马洛的故事,我完全明白了,在这起案件中,我们面对的是一颗扭曲的心。"

特伦特大声笑了起来:"我承认,这个案子确实不同寻常。"

库伯勒回应道:"有哪些异常的事实呢?一个疯子产生了一个疯狂的念头,他酝酿了一个阴谋置敌方于死地,包括他自己。再看看马洛,他发现自己处境危险,虽然他是无辜的,但即使说出实话也救不了他,这真是前所未闻的事情。他逃脱的方式大胆且巧妙,这事看起来好像每天都可能发生。"他吃着已经支离破碎的羊肉。

"我想知道,"特伦特停顿了一下,"这个世界上是否有什么东西能让你觉得不普通、不平凡?"

库伯勒温和地笑着。"你不要怀疑我是自相矛盾",他说,"如果要我提出一些在我看来了不起的事情,让我想想……嗯,我们在波尔顿研究的肝蛭生命史，是很了不起的事情。"

"这点我无法提出异议，"特伦特回应，"科学协会可能会很乐意确定肝蛭是低级的生命形态，但我从未听说。"

"这也许不是一个开胃主题，"库伯勒若有所思地说，"我不会再提了。亲爱的特伦特，我的意思就是，我们周围确实有一些不寻常的事情发生，只要我们细心观察。之所以有时候察觉不到，是因为被那些耸人听闻的事情掩盖了。"

特伦特放下刀叉，表示出赞同。库伯勒停下来，喝了一些牛奶加苏打水。"我已经好久没有听你说这些了，"特伦特说，"我相信你一定和我一样自命不凡，虽然这很糟糕，但我很喜欢那种感觉，我不会坐以待毙，任他们把曼德森的死解释为司空见惯的命案。在那种情况下，能想到假冒曼德森确实是很绝妙的做法。"

"绝妙……当然了！"库伯勒答道，"很不寻常……不！在那种情况下，一个聪明人会这么做并不奇怪。马洛擅长模仿曼德森的声音，他有演戏的天赋，还有棋手特有的深思远虑，懂得如何步步为营，我承认这是一个精辟的方法，但就点子本身而言，我不认为他的做法很机智。但我不得不承认，这个案子具有高度的复杂性。"

"你真的这么认为吗？"特伦特带着讽刺意味问道。

"这件事变得很复杂，"库伯勒无动于衷地回答，"即使是最聪明的罪犯也很少会用到狡猾的战略，那种狡诈的伎俩通常被用在商业和政治上。"

"我认为是前所未有，"特伦特回答，"因为聪明的警察比起聪明的罪犯更少运用狡猾的策略。善于易容改装的罪犯很少见，看看那克里平，他是一个非常聪明的罪犯，他解决了每个命案中关键的问题，风格干净利落，但在这样的游戏角逐中，他能多有远见呢？无论是罪犯还是警察都是大线条且速战速决的策略家，他们只专注于简单的计划，毕竟这是一种难得的才能。"

"我心里一直有个不安的想法，"库伯勒说，"我们今天得知的情况，如果马洛当时没有警觉怀疑，跳进了曼德森布下的圈套，那他肯定难逃一死。我在想，不知道有多少案子也是通过迫使无辜的人承担罪责而得逞的呢？这样，我将永远不会赞成死刑。"

"我从来就不赞成，"特伦特说，"在我看来，很多事情你永远也无法判断。我同意美国法学家的说法，只有间接证据的时候，我们不能绞死一只偷果酱的黄狗，即使它鼻子周围沾满了果酱。至于那些企图作恶的人，故意设下圈套陷害无辜，这种事情当然时不时会发生。比如在爱尔兰、俄罗斯、印度和韩国，警察依靠正当的手段抓不到嫌疑人时，就会采用不正当手段，在我们国家起诉的案件里也有类似情形，这种案件的最后结果，便是聪明反被聪明误，也许你听说过'坎普登命案'。"

库伯勒表示他没有听说,继续吃着另一只土豆。

"约翰·马斯菲尔德以此真实事件为原型,写了一部非常出色的戏,"特伦特说,"要是你下次来伦敦,一定要去看看它,我经常看到在场的一些女士被它感动得偷偷哭泣。这个故事大致是,约翰·佩里指责他的母亲和弟弟杀害一名男子,并发誓他将协助他们一同破案,他能说出每个细节,但尸体却一直无法找到。那位法官,很可能是喝醉了,完全没有注意到这点。他的母亲和弟弟否认这项指控,但是法官听取了约翰的证词,三位嫌疑人全都被判有罪并处以绞刑。两年后,那位导致他们死刑的男子竟然回到了坎普登,原来他被海盗绑架到海上去了。他的失踪给了约翰灵感,但约翰在证词中卷入了自己,这是一种自杀行为。他的证词让每个人都认为他说的是真话,很明显没有人会为了别人而服刑。如果马洛供出事实的话,一万个法官中也找不出一个人会相信曼德森能设下这样的阴谋。"

库伯勒沉思了一会儿说:"这方面的事例我不太熟悉,但这件事让我想起了我童年的一些事。从梅布尔对你说的一些事情中,我们可以理解案件背后的动机,那就是隐藏在曼德森心底的嫉妒引发的仇恨。但若交给法官审判,要想让他也了解到这个心理因素,可能就行不通了,真相就被掩盖了。我想真相之所以被掩盖,是因为人们没有能力表达出来，他人又无法看穿所导致的。但我还是一个小伙子的时候，全英国都为了沙帝福特谋杀案而疯狂。"

特伦特点了点头。"在麦克兰夫人的案子中，她也是无辜的。"

"我父母也这么认为，"库伯勒说，"当我长大有能力阅读并理解这个故事后，我也这么认为。但是神秘的事情背后总是充满黑暗和谎言，所有人都相信天真无邪的老詹姆斯·菲林明是清白的。整个苏格兰都为这个问题打得不可开交，国会也争辩不休，媒体则分为两大阵营，我从未见过那么大规模的争执。然而，事实是显而易见的，不是吗？我想你已经读过那个故事了，如果大家都了解那位老人的精神世界，就不会引发那么多疑问了。如果对他的推测是对的，那很可能是他杀死了杰西，却将罪责强加在一个可怜的女人头上，让她差点被处以极刑。"

"即使是弗莱明这样一个普通的老人，对于其他人来说也深不可测。"特伦特说，"这个案子需要通过心理方面的分析和洞察，仅靠法律是不管用的。像他这样的人，随时会做出越轨的事，好像现实社会中的野蛮人一样。但是，陪审团他们会对马洛做出什么样的判决呢？正如马洛自己说预见的，一旦他说出实情，将比不做任何辩论更为糟糕，因为没有任何证据支撑他的说法，陪审团将视他的话为无稽之谈。你也曾经做过陪审员，他们总以为自己碰到了案情明了的案子，他们会觉得自己比被告在案发当时还要聪明。面对素不相识的马洛，怀着愤慨颤抖地翻看他的记录——贪婪、杀人、抢劫、懦弱、无耻、不知悔改、撒谎……唉，你和我也认为他有罪，直到……"

"抱歉，请你再说一遍！"库伯勒放下刀叉，插话说，"在处理这件事时，我很小心地不轻易下任何定论，我一直确信他是无辜的。"

"你刚才和马洛说了一些奇怪的话，我想知道你是什么意思。确定他是无辜的？你如何确定？您说话向来比较谨慎。"

"我说的是确信。"库伯勒坚决地重申。

特伦特耸了耸肩。"如果你在读过我的手稿并同我讨论整件案子后，仍然如此确信，那么我只能会说，您一定抛弃了对人性的理性态度。除非我误解了教义，否则这不该是一个基督徒的行为。这究竟是为什么呢？"

"请允许我说句话，"库伯勒打断了他的话，双手放在盘子前面，"我向你保证，我从未抛弃理性，但是我确信他是无辜的，因为从一开始我就知道一些事情。刚才你问我，如果我也是陪审团中的一员会怎么想？这并不是一个恰当的假设，因为我更应该坐在证人席中，提供我的证词。你刚才说'找不到任何证据支持他的故事'，其实是有一些的，那就是我的证词，"他看起来相当平静，"而且是决定性的证词。"说完，他拿起刀叉继续享用晚餐。

这突如其来的状况，让特伦特的脸色立刻变得苍白，最后一句话，又让他涨红了脸。他敲着桌子表面说："这不可能！"他大叫，"这是你虚构出来的，苏打水加牛奶让你产生了幻觉！当我耗费精力破案的同时，你怎么可能早就知道马洛是无辜的？"

库伯勒先生喜悦地点点头，终于咽下了最后一口。他擦擦稀疏的胡须，俯身向前说："很简单，因为射杀曼德森的人是我。"

"恐怕我吓坏你了。"特伦特听到对方这么说。他强迫自己从恍惚中苏醒过来并保持镇静。他端起酒杯，一半的酒杯泼洒在桌布上，他一口都没喝，把杯子放回原处，深深吸了口气，说道："继续说吧。"

"这不是谋杀，"库伯勒说，手握着叉子沿着桌子边缘画线，"我会把来龙去脉告诉你。在那个周日晚上，我照例在室外散步，十点十五分左右从旅馆出发，我沿着白色山形庄园后面的小路走，从果岭球场第八个洞口走出来，我打算去悬崖边的草地走走，然后再绕回来。我刚走了几步，就听到了汽车行驶的声音，然后停在门旁。我看到曼德森下车，还记得我告诉你，自从我们上次在酒店争吵后就只见过他一次吗？就是这次。你问我有否还和他接触过？请别介意我说了谎话。"

特伦特发出了一丝呻吟，喝了一点葡萄酒，冷冷地说："请继续说下去。"

"你也知道，"库伯勒说，"我站在石墙边树木的阴影下，他们不会注意到我在那里。既然我们已经听过马洛关于那段情况的叙述,我就不重复说了。我看到车开往主教桥的方向,但我并没有看清曼德森的脸。当我看到他猛烈地对着远行的汽车摇摆左手时,感到十分惊讶,因为我不想再碰到他,于是就等着他回到白色山形庄园。但是他没有离开,他打开我进来时的门,然后站在草地上。当时,他的头垂下来,双手挂在身体两侧,姿态很僵硬。他处于这种紧绷的状态好一会儿,然后突然移动右臂,把手伸进了大衣口袋。我看见他的脸在月光下慢慢抬起,露出了牙齿,眼睛闪闪发光。我意识到,这名男子丧失理智了,我心中突然闪过一个念头,瞬间一道光晃过,他举起手枪对准自己的胸膛。

"我一直都怀疑曼德森是否真的下定决心自我毁灭,马洛很自然地认为他真的是有心置自己于死地。他不知道我介入了这个事件的发生,但我认为,自杀应该是曼德森陷害马洛计划中的一步棋。在那一刻,我认为他要自杀。我不知道自己要做些什么,我从树荫下走出来,抓住他的胳膊。他一声怒吼,用力甩开了我,用枪指着我的脑袋。不过在他没有来得及开枪以前,我用力抓住他的手腕,就是那些有淤青的地方,我知道我是为了生命而挣扎,他的眼里充满杀气,我们就像两头野兽一样搏斗,没有一句言语交流。我紧紧握住他持枪的手,并用力抓住另一只。我从未料到,在这种情况下自己竟会爆发这么大的力气,出于本能,我放开他没有武器的手,企图以迅雷不及掩耳之势夺取他手中的枪,用力掰开他的手指。可奇迹发生了,那把枪居然没有走火,我后退了几步,他像只发疯的猫扑向我,当他距离我不到一米的时候,我盲目地朝他脸上开了一枪。瞬间,他膝盖一软,倒在了草坪上。我连忙扔掉了手枪,弯下身去看他,我的手已感知不到他的心跳了,我跪在地上纹丝不动地盯着他。不知过了多久,我听到汽车返回的声音。

"当马洛在月光下奔向果岭的时候,我就躲在几码之外的第九洞发球台,我不敢暴露自己,心想当天早上和曼德森公开争执的那一幕,一定已被旅馆的人们津津乐道了。就在看到他倒下的那一刻起,种种可怕的可能性都一一闪过我的脑海。我思前想后,想明白了接下来必须做的事,就是回到酒店证明自己的清白,而且我从来没有透露一个字。当然,在我的设想中,马洛一定会把发现尸体的经过告诉别人。我想他会猜想曼德森是自杀而死,其他人也会这么认为。当马洛把尸体抬起来时,我偷偷越过那面隔离墙,回到会所旁边的小道上,在那里马洛看不到我。我自认为非常冷静,我横穿公路,爬上围墙,越过草坪,从白房子后面的小路跑回旅馆。回到酒店时,我已上气不接下气。"

"上气不接下气。"特伦特机械地重复着,盯着他的同伴,犹如被催眠了一般。

"我不得不大步快跑,"库伯勒提醒他,"我一路跑回旅馆,通过敞开的窗户,我看到没有人在那里,于是我爬过窗台,跳进书房,按了响铃，然后坐下来写一封原本打算第二天再写的信，当时时钟上的时间是十一点刚过。当侍者应答时，我要了一杯牛奶和一张邮票。之后便上床，但我无法入睡。"

看起来，库伯勒已经没有什么要补充的了，他惊讶地看着特伦特。后者沉默地坐着，双手托着低垂的头。

"无法入睡……"特伦特喃喃地说，"历经过度疲劳的一天，什么都不值得担心了。"他停下来，抬起苍白的脸，"库伯勒，我全明白了！从此以后，我金盆洗手了！曼德森命案将是菲利普·特伦特的最后一案！特伦特终于被他的自命不凡打败！"说着，他恢复了笑容，"这件事彻底地宣告了人类理智的苍白和无能。库伯勒，我真的无话可说，这回你赢了！我谦卑地祝你身体健康，那今晚的这顿饭就由你来买单了。"

图书在版编目（CIP）数据

特伦特绝案 ／（英）埃·克·本特利著；有之炘译
． —— 上海：上海文艺出版社，2020（2021.8重印）
（域外故事会侦探小说系列． 第一辑）
ISBN 978-7-5321-7339-6

Ⅰ．①特… Ⅱ．①埃… ②有… Ⅲ．①侦探小说－英国－现代 Ⅳ．① I561.45

中国版本图书馆 CIP 数据核字（2019）第 176279 号

特伦特绝案

著　　者：[英] 埃·克·本特利
译　　者：有之炘
责任编辑：胡　捷
装帧设计：周艳梅
责任督印：张　凯

出　　版：上海文艺出版社
出　　品：上海故事会文化传媒有限公司
　　　　　（200020　上海市绍兴路74号　www.storychina.cn）
发　　行：上海文艺出版社发行中心
　　　　　（上海市绍兴路50号）
印　　刷：上海中华印刷有限公司
开　　本：889毫米×1194毫米　1/32　印张7.25
版　　次：2021年2月第1版　2021年8月第2次印刷
ＩＳＢＮ：978-7-5321-7339-6/I·5835
定　　价：35.00元

版权所有·不准翻印

上海故事会文化传媒有限公司 出品（01002）www.storychina.cn

想看更多精彩故事？
扫码下载故事会APP

上海故事会文化传媒有限公司所有图书可办理邮购，免收邮费（挂号除外）
汇款地址：上海市绍兴路74号（200020）　收款人：上海故事会文化传媒有限公司出版发行部
联系电话：021-64338113
如发现本书有质量问题，请与印刷厂质量科联系 T：021-60829062